CAN

Hoedspruit, provincia de Limpopo.
Sudáfrica.

Can toma un sorbo de su whisky mientras recuerda con melancolía a su familia, a sus amigos y a su hogar. Sonríe al visualizar sus rostros y al evocar momentos de dicha junto a ellos. Hace mucho que no pasa un tiempo en casa. "Quiero ver al viejo Aziz y al tonto de Emre", piensa.

El más joven del grupo de hombres que lo acompaña, uno muy alto y de piel oscura, le coloca la mano sobre el hombro al notar que se ha ido mentalmente del sitio.

—Señor, Can. ¿Se encuentra bien? —pregunta con su tosco pero buen inglés.

—Claro, mi amigo. ¿Por qué lo preguntas?

—Pensé que estaría afectado por lo que ocurrió esta mañana. La primera vez que alguien murió frente de mí, fue algo impactante y me costó sobreponerme.

—Aunque no estoy acostumbrado a ese tipo de situaciones, no es mi primera vez. Me encuentro bien. Creo que si bebo lo suficiente podré dormir esta noche sin problemas.

Mumba se toma todo su trago y suspira.

—Yo perdí a un gran amigo de la infancia, era como un hermano, queríamos entrar en el cuerpo para proteger los parques de los cazadores furtivos. Entramos juntos al equipo de guardaparques.

Can le recarga el vaso de Amarula, el licor más común del país. El joven agradece y chocan los cristales.

—¿Cómo murió? —pregunta Can.

—Seguíamos la pista de un grupo de cazadores y… nos emboscaron. Nos dispararon sin piedad. No sé cómo salí vivo de allí, él no tuvo tanta suerte.

3

—Ahora entiendo porque los odias tanto. No es solo por las atrocidades contra los animales, te quitaron a un ser muy querido; no es fácil perdonar algo así.

—Así es. Por eso me alegré tanto cuando nuestro jefe Sharik mató a ese cazador y logramos atrapar al otro. Fue una gran victoria en mucho tiempo.

—¿Qué pasará con el que atraparon?

—No lo sabemos. Está afuera, esposado en el coche patrulla del jefe Kirk. No ha querido hablar, seguramente lo lleven al hueco para que recapacite.

"¿El hueco? No quiero saberlo", medita Can. Kikey, otro del grupo de guardaparques y quien escuchaba la conversación, se levanta de la mesa.

—¡Gracias al jefe Sharik hay un cazador menos del que preocuparnos! ¡Salud por el jefe Sharik! —grita en idioma zulú.

Can es el único que no entiende mucho del dialecto, no ha logrado aprender más que lo básico. Por lo que solo dice "salud" y levanta su copa.

—Can. Tomemos una foto grupal —solicita Jenna, la única mujer del grupo en aquel bar rural.

—Cierto, inmortalicemos este gran momento.

Se levanta con su cámara profesional, la coloca en posición y ajusta el temporizador. Regresa velozmente y posa junto a todos, quince hombres y una mujer. Con las copas arriba y grandes sonrisas, son capturados en una imagen por la lente de aquella cámara.

—¿Qué viene ahora, señor Can? ¿Seguirá de vacaciones recorriendo el mundo?

—Querrás decir trabajando, Mumba. Y, creo que es tiempo de volver a casa una temporada.

—Estar todo el día en la naturaleza tomando fotos, bebiendo y conquistando hermosas mujeres, no me parece un trabajo. Podemos cambiarlo si quieres —dice liberando una carcajada.

—¿¡Conquistando a quienes!? —pregunta Jenna.

Mumba se echa a reír. Can voltea a verla. Sin poder evitarlo lo hace por más del tiempo que resultaría normal sin emitir palabra alguna.

—Quizás se refiera a ti —dice Mumba, arqueando las cejas.

La reportera de NatGeo se ríe enérgicamente y bebe de su cerveza.

—Mumba, creo que te confundes con la anciana que cuida el rebaño de ovejas del pueblo. No le quitaba el ojo de encima hoy—responde ella—.

—Pensé que fui el único que lo notó —agrega Ben en tono de complicidad, el camarógrafo y compañero de Jenna.

—Señor Can, no sé cómo serán las cosas en Turquía, pero aquí no importa que la señora Sahä tenga noventa y tres años, primero tienes que hablar con el líder de la tribu y pedirle permiso, o tendremos que matarte por violar nuestras costumbres —agrega en tono serio Kirk, el jefe de la policía militar.

Todos se quedan en silencio durante unos segundos para luego burlarse a todo pulmón. Entre varios del grupo comienzan a hamaquearlo de un lado a otro, sin dejar de mofarse. Can se pone de pie, bebe su vaso hasta el fondo y lo deposita con fuerza sobre la mesa.

—Ahora se han unido todos contra mí, ¿verdad? Pues deberían pensárselo mejor. Tengo fotos embarazosas de todos y en especial de ti —finaliza señalando a Jenna.

—Tú tendrás fotos, pero aquí mi amigo Ben tiene minutos grabados de un turco millonario muy engreído y algo desquiciado que no hace más que arriesgar su vida con comportamientos poco sensatos.

—Así es, amigo. No debiste haber confiado en mí —agrega Ben.

—Te faltó decir, ¡muy guapo! Y tú… —Voltea a ver a Ben—. ¡Me llevaré esto entonces!

Can intenta arrebatarle la enorme cámara y comienzan a forcejear. El resto de personas observa mientras no paran de beber, gritar y reír.

—Quince dólares a Ben —suelta Baako.

Logra tomar la <u>cámara</u> y se pone de pie sobre la mesa de madera, con los brazos extendidos hacia arriba. Ben también se monta e intenta quitársela, pero su baja estatura no se lo permite. Lo que provoca más burlas en el grupo.

—¡Como te gusta perder dinero, Baako! —dice Jenna antes de levantarse de la mesa y salir del bar.

Can la observa alejarse y olvida por completo lo que hace. Baja los brazos y le entrega la cámara a Ben. Se toma la cerveza de Kirk hasta el fondo, ignora sus quejas, y sin decir palabra alguna también camina hacia afuera.

—Beber y conquistar mujeres, beber y conquistar mujeres —repite Mumba desde su sitio.

—El León va por su presa —suelta otro.

—Solo a una, Mumba, solo a una —responde él y sale del bar.

Ya la noche había cubierto totalmente el cielo. Los animales nocturnos comenzaban a salir en busca de alimentos y sus sonidos se escuchaban en todas las direcciones. Encuentra a Jenna luchando desesperadamente con su mechero intentando encender un cigarrillo. Can saca su caja de cerillas y le ofrece ayudarla.

—Ese vicio te va a matar.

Ella le da una profunda calada mientras ambos se miran fijamente.

—Seguramente lo haga algún animal salvaje primero o una bala pérdida, o quizás un hombre muy malo me rompa el corazón y yo muera de tristeza.

—Espero estar cerca para poder salvarte otra vez. No quisiera quedar viudo tan joven —se burla sonriente—. No creo que exista un hombre tan estúpido como para perderte después de escalar montaña tan alta como tu amor...

Jenna le sopla el humo en la cara e intenta correr, pero él logra retenerla entre sus brazos. Jenna se gira y quedan frente a frente, aunque sus rostros separados por la diferencia de tamaño. El hombre de más de un metro ochenta, ella de poco menos del metro setenta.

Can es guapo, tiene la piel morena muy clara, con un físico fornido, de cabello castaño largo — peinado, amarrado con una cola hacia atrás— y su barba siempre luce bien cuidada; Jenna es hermosa, su carne es solo un poco más oscura que la de él, lo que provoca que sus impresionantes ojos verdes resalten más y su cuerpo armoniosamente dotado la hace más atractiva. Ambos se quedan allí, mirándose, inmóviles por un instante que parece infinito, creando contraste con todo en aquella rústica aldea. Donde las personas casi en su absoluta mayoría son de piel negra y que poco o nada demuestran sus afectos entre sí.

Los aldeanos que transitan por la calle o desde sus casas, contemplan la escena con curiosidad e interés.

—¿Sabes que nos está mirando todo el pueblo? ¿Nunca te rendirás verdad? —pregunta ella.

—Sí y no. No me importa que alguien o todo el planeta nos vean y no me pienso rendir. Menos ahora.

—¿Menos ahora?

—Cuando sé que también estás loca por mí —dice y la toma con más firmeza por la cintura.

—Eres un...

Can deja de pensar y la besa por primera vez después de haberlo deseado por tanto tiempo; de tantos cruces casuales en sus distintos viajes, de casi odiarla, de sobrepasar las nubes con ella, de perderse junto a ella en una selva y pasar noches enteras cuidándola. Lo hace con fuerza y delicadeza al mismo tiempo, con ganas y desquite. Sus corazones y respiración aumentan vertiginosamente, pero a medida que continúan conociendo sus labios, los latidos recuperan su ritmo y la respiración se calma.

Para ellos, el mundo que los rodea desaparece por completo. Se vuelven incapaces de escuchar los silbatos y aplausos de ánimo que van hacia ellos desde las cercanías. La escena es motivo de celebración y alegría para aquellos sudafricanos, quienes solo pueden ver a dos extranjeros enamorados en sus viejos televisores, por medio de las escasas películas a las que solo pocos pueden acceder.

—Perdóname —dice él, al separarse.

—¿Por qué? Te arrepientes, es eso.

—No me arrepiento de besarte, nunca lo haría, Jenna. Me arrepiento de haberme tardado tanto. Por no haber besado estos labios todos los días y a cada momento.

A Jenna le brillan los ojos y una sonrisa delata aún más la ilusión que aquellas palabras producen en ella. Le acaricia el rostro hasta tomarlo por la barba.

—Pues... tienes toda una vida para ganarte mi perdón.

—Debería continuar entonces —dice antes de volver a unir sus labios contra los de ella.

Jenna se detiene y lo aleja de golpe al darse cuenta de que son el centro de atención de muchos, y en aumento, de los aldeanos.

—¡Dios mío! ¿En qué momento? —se interroga ella.

—¡Sí! ¡Estamos enamorados! —grita y repite Can mientras se acerca a las personas y los toma por las manos.

Los aldeanos lo ven extrañados al no entender bien qué le sucede al enorme hombre de rasgos turcos que parece enloquecer. Solo saben que parece estar muy feliz. Un vendedor de panes que conoce algo de inglés y pasa por el lugar traduce para los demás. Las mujeres emocionadas empiezan a cantar, los niños a correr y saltar. Las pequeñas miran con asombro las diferencias entre ellas y Jenna, también notan a Can, no se parece a lo que han conocido desde su nacimiento.

Los ánimos se contagian velozmente, como si siempre hubieran estado ahí, dormidos y aletargados esperando a despertar. Jenna y Can se miran algo confundidos pero también motivados, se encogen de hombros.

Se abren las puertas del bar y sale el resto del grupo, curiosos por saber a qué se debe semejante escándalo. Todos, sin perder el tiempo o saber de qué se trata, se unen a la celebración silbando y repartiendo tragos. Un grupo de músicos Zimbabuenses comienzan a tocar sus bumbas y tambores. Las viejas antorchas que dejaron de utilizarse cuando llegó el alumbrado eléctrico, son encendidas.

—¿Señor Can, qué ocurre? —pregunta Mumba mientras salta y baila junto a él.

—¿A quién le importa? ¡Carpe diem amigo! ¡Celebra, Mumba!

Jenna se fue al centro de la concentración donde comenzaban a armar un tren humano. Desde ancianos a niños salieron y se unieron al alboroto. Los cantos tradicionales africanos resuenan. Ben enciende su cámara y se dispone a grabar todo lo que ocurre.

—¡Jenna! ¿Qué demonios? —pregunta al verla disfrutando junto a todos.

Ella lo ignora sin querer porque baila al ritmo de los tambores y porque su atención está noventa por ciento con

Can, quien para el disfrute de todos, baila con la anciana Sahä.

—¡Jefe Kirk! ¡Pide veinte botellas de Amurela a mi nombre para que nadie mayor de edad se quede sin beber algo!

El jefe de la policía militar traduce el pedido en voz alta y los aldeanos enloquecen.

Rato después ya todos más calmados, beben y conversan en el lugar en diferentes grupos, aunque los bailes no se detienen alrededor de una fogata improvisada de cauchos y troncos en el medio de la calle.

—Vente conmigo a Turquía un tiempo —pide Can al acercarse a ella.

—Me da miedo…

—¿No le temes a las altura, a los leones, a los gorilas, a las zonas de guerra, a los cazadores furtivos y le temes a irte conmigo a una ciudad tranquila?

Jenna baja la mirada por un instante.

—Tengo miedo que me rompas el corazón. Sabes que ya pasé por eso una vez y no quiero…

—Tú sabes que yo no haría tal cosa. Me has conocido como muy pocas personas. —Le toma por el rostro y la besa—. Solo dime que sí y lo demás lo resolveremos juntos.

Mumba, Kirk y los demás no tardan en lanzar silbidos y soltar risas.

—Si no quieres ir a Turquía está bien. Vayamos a donde quieras, tengo mi barco listo. Naveguemos o tomemos un avión. ¿Qué me dices?

—Sí, sí, sí…

El jaleo de los vehículos todo terreno pasa desapercibida por el ruido de la música y el bullicio de la gente. Sin embargo los disparos al aire, no. Todos se alarman inmediatamente. Las madres como pueden buscan a sus hijos para resguardarlos, los demás también buscan refugio.

El jefe Kirk y algunos de sus hombres junto a los guardaparques, se mantienen de pie con sus armas en mano mientras ven las numerosas camionetas acercarse.

Can toma a Jenna por el brazo para intentar volver al bar, pero una ráfaga de tiros lo detiene en seco.

—Recógete el cabello y ponte el sombrero —ordena Can a Jenna.

—¿Qué pasa? —pregunta temblorosa.

—No hables, no llames la atención y quédate detrás de mí.

—¿¡Quiénes sois y qué buscáis en mi pueblo!? —pregunta desafiante Kirk.

Hombres parados en las partes traseras de tres Jeeps apuntaban en todas direcciones con armas automáticas de gran calibre. Un hombre alto con vestimenta militar se baja de una de las camionetas y rodeado de numerosos hombres se acerca y se detiene al frente del jefe de policía.

—Me informaron que tienen detenido a mi hijo y a su amigo en este mugriento pueblo. Más vale que lo traigan a mi presencia de inmediato o comenzaré a cortar los miembros de todos los que tengan pulso.

—¿Qué dice? —pregunta entre susurros Can.

—Ese es Dinka N'Zondi, el líder del peor grupo de mercenarios del continente. Está buscando a su hijo, el cazador furtivo que Sharik mató esta mañana —respondió Jenna, muy asustada.

—Mierda…

—¿¡Dónde está Monka!? —grita Dinka con furia y apunta su arma hacia la frente de Kirk.

Todos los hombres armados de bando y bando levantan sus armas y se apuntan unos a otros. Pero nadie dice nada, aunque la tensión es casi insoportable y cualquier sonido o movimiento violento podría desencadenar en una matanza.

—No puedo traértelo, pero te puedo decir donde buscarlo —responde Kirk valientemente.

—¿Dónde está? Llévame y nadie tendrá que morir hoy.

Desde la patrulla de Kirk se comienzan a escuchar los golpes y movimientos del otro cazador detenido. Can mantiene a Jenna detrás de él y permanecen inmóviles. Sharik y sus guardaparques también.

—¿Qué es eso? —pregunta Dinka.

Sharik iba a responder, pero Kirk lo detiene. Mira a sus hombres y luego responde.

—Es el amigo de tu hijo.

Dinka respira profundo mientras su mirada se oscurece y comienza a presentir que algo no está bien. Manda a varios de sus hombres para que abran la patrulla y liberen al hombre. Kirk, Sharik y sus equipos de hombres se mantienen en suspenso, intercambiando miradas porque saben lo que va a pasar en cuanto aquel sujeto informe lo que ocurrió esta mañana. Can también lo sabe y con la mirada busca las posibles rutas de escape para cuando comience lo inevitable.

El hombre que es recién liberado no parece alegre, sino todo lo contrario, su cara de terror es evidente para los presentes.

—Anuar, ¿¡dónde está Monka y por qué no está contigo!? ¡Se supone que debes cuidarlo!

—Señor, yo lo estaba cuidando, pero él quiso seguir a ese rinoceronte. Dijo que quería impresionarlo a usted.

—¿¡Dónde está!? —volvió a preguntar una vez más.

Anuar se tira de rodillas y lo sujeta por la pierna.

—Señor, no fue mi culpa. Por favor perdóneme, se lo suplico.

Le dispara en la pierna y le vuelve a preguntar lo mismo. Anuar comienza a llorar de dolor y miedo. Los demás observan con terror al entender que sus vidas estaban en manos de ese sujeto; podían combatir por unos minutos, pero todos morirían porque eran superados cinco a uno. Ben tiembla muy asustado detrás de Jenna y Can.

12

Un nuevo disparo en la otra pierna hace que finalmente hable.

—Está muerto, señor. Lo mataron. ¡Perdóname señor!

Dinka cierra los ojos por unos segundos. Sharik se prepara mentalmente para lo que viene y mira a sus hombres para que también lo estén. Mumba y Can se observan por unos segundos, quizás despidiéndose sin saberlo.

—Saldremos de esta. Te lo juro —susurra Can.

—No lo creo, amor —dice Jenna—. Perdóname también, por no haberte…

—¿¡Quién fue!? ¡Señálalo! —ordena Dinka.

Anuar señala a Sharik.

—El jefe de los guardaparques lo mató cobardemente con un rifle…

Dinka simplemente le dispara en la cabeza, silenciándolo para siempre. Camina rápidamente junto a sus hombres hacia el frente. Todos se mantienen tensos y dispuestos a todo.

—Matasteis a mi hijo. ¿Lo sabías?

—Ahora lo sé.

—Todos vais a morir —advierte y le dispara en el medio del pecho.

Can se gira velozmente. Con un fuerte empujón tumba a Ben hacia el suelo y se lanza sobre Jenna, le cubre con su cuerpo. Kirk, Mumba, Baako, Kikey y los demás reaccionan, sin embargo no duran mucho. Son asesinados.

—Detengan el fuego. —Nota que Can, Ben y Jenna siguen con vida—. Levántense.

El trío está en shock por la irrealidad de lo ocurrido intentando procesar los hechos. Jenna no puede pensar, su mente está bloqueada; Ben cree estar en una pesadilla, se repite la palabra "despierta" una y otra vez; Can tiene miedo, pero no por él, por primera vez, su vida y la de la mujer que ama no dependen de él.

—¡Pónganse de pie! —ordena.

Lo hacen. Can ayuda a Jenna y Ben vomita en el primer intento.

—¿Quiénes son y cuánto valen sus vidas? —pregunta sin titubear.

—Somos reporteros de NatGeo —responde Jenna.

—¿NatGeo? —Uno de sus hombres le da información—. ¿Americanos?

Jenna asiente mirándolo fijamente. Can siente que la está perdiendo para siempre, pero al mismo tiempo que no puede hacer nada para evitarlo. Dinka les hace señas a sus hombres.

—Metan en el maletero a los reporteros—ordena.

Can da un paso hacia adelante y es rápidamente apuntado por más de la mitad de los hombres. Sube las manos.

—Soy hijo de un poderoso y multimillonario empresario Turco. Poseemos una gran fortuna. Llévenme a mí. Ellos no tienen dinero.

—¿Can? —pregunta Jenna entre lágrimas.

—No te creo y debería matarte. Pareces un simple fotógrafo. Te dejaré vivo para que comuniques mis deseos. Quiero cinco millones de dólares por estos americanos o morirán.

—Por favor. No se los lleven. Mi vida vale más —suplica Can mientras ve como Jenna lucha ferozmente para que no la lleven.

—¡Can, Can! —grita ella con desespero.

Can trata de avanzar, pero un fuerte culetazo con un rifle lo hace caer de rodillas y le lastima seriamente la cabeza. Sin embargo, no siente dolor, toda su atención está en Jenna. Inconscientemente gira hacia los lados, no hay ayuda y ahora todo parece tan ajeno; están solos en el continente más olvidado del mundo.

—No te muevas un paso más o morirás. —Le tira un teléfono—. Te llamaremos ahí, más vale que estés pendiente.

La sangre le gotea desde la cabeza hacia el rostro, cruzando su frente. Can se queda de rodillas, vencido por la impotencia de no poder hacer nada. Observa en cámara lenta, con terror y el corazón desbocado, como la mujer que ama y su amigo son montados y llevados en camionetas con rumbo desconocido, por unos mercenarios inhumanos.

La rabia, el miedo, el desasosiego y la impotencia es todo lo que le queda cuando los pierde de vista en el horizonte.

—¿Por qué? —se pregunta en voz baja.

Asia

Capítulo 1

Un año atrás
Katmandú, Nepal

Can espera ansioso que la pequeña avioneta se llene con los pasajeros y el equipaje para despegar destino a la ciudad de Lukla, el lugar que será el punto de partida para su última gran aventura. Una por la que trabajó mucho, un sueño que está a punto de convertirse en realidad; escalar el imponente Monte Everest.

Mira fijamente su cámara, imaginando las increíbles fotografías que podrá tomar cuando alcance la "cima del mundo". A lo largo de varios años y durante sus viajes practicó el alpinismo, pero no fue hasta que en Pakistán contempló con sus propios ojos el Nanga Parbat, la novena montaña más alta del mundo, que quiso tocar y fotografiar las nubes de cerca. El Salto Ángel en Venezuela y el monte McKinley en Estados Unidos han sido otras de sus cumbres alcanzadas más destacadas. Algunas de sus mejores y más premiadas fotografías provienen de aquellos majestuosos lugares a los que muy pocos afortunados pueden acceder.

Aburrido, revisa su móvil. Le responde un correo a su padre Aziz para confirmarle que se encuentra bien y le mantiene informado sobre sus movimientos.

El avión se llena cuando suben los dos últimos pasajeros, estadounidenses. Una mujer y un hombre que llegan discutiendo como una pareja de recién casados. Se sientan al lado de Can en los puestos traseros. El piloto anuncia que están a punto despegar y pide a todos abrochar sus cinturones.

La mujer parece estar de mal humor y también tener dificultades para abrocharse el cinturón.

—Hola. Permíteme… —intenta decir Can.

Ella levanta su mano con la palma abierta y con su mirada le advierte que no continúe.

—Yo que tú, no lo intentaría. A esa mujer solo le faltan colmillos para ser una verdadera víbora —asegura el hombre que abordó junto a ella.

—Si tú lo dices, te creo.

Ella mira de reojo a ambos mientras lucha contra el cinturón hasta que finalmente lo logra.

***

Lukla

Apenas el avión abre sus puertas el personal de dos agencias de trekking que se encargan de la logística y apoyo para la subida al Everest, los reciben. Solo una pareja de los catorce pasajeros no va a la montaña.

Can es separado a un lado junto a unos españoles y un japonés por la agencia AHT; estadounidenses, alemanes y unos suizos con EGT.

Un hombre de chaqueta azul con insignia de AHT y una mujer de abrigo rojo con las siglas EGT en el pecho y espalda, dan un paso al frente. Se miran como poniéndose de acuerdo y comienza a hablar el primero, Peter.

—Nos encontramos por encima de los dos mil ochocientos metros. Es normal que los efectos de esta altitud les provoquen algunas leves dificultades a la hora de respirar, se cansen más rápido de lo habitual y sufran mareos. Sus cuerpos necesitan aclimatarse, por eso a partir de aquí caminaremos hasta el campamento base.

—Entraremos en el edificio para que puedan recoger su equipaje y equipos. Los que deseen alquilar yaks tienen que avisarnos ahora. Atravesaremos todo el valle de Solu Khumbu a pie para que sus cuerpos puedan adaptarse de manera progresiva, tardaremos entre siete y nueve días en llegar. Partimos mañana por la mañana en dirección Namche Bazar.

Ambos líderes de las agencias continúan explicando el proceso mientras Can no puede evitar alejarse un poco para aprovechar la luz del sol y capturar los impresionantes paisajes. Anaís, la agente de rojo, llama la atención de Can y le pide que no se aleje del grupo.

—Discúlpeme, señorita. Es un lugar muy hermoso y no pude evitarlo.

—¿Su apellido?

—Divit, pero puede decirme simplemente Can.

—Señor Divit, necesito que preste atención cuidadosamente a todas nuestras normas e instrucciones o lamentablemente no nos podrá acompañar. Nos tomamos muy en serio nuestro trabajo, cualquier error puede costar una vida. No importa que tan experimentado sea, el Everest es una de las montañas más peligrosas y traicioneras del mundo. El éxito de cada subida y cada retorno es el trabajo en equipo, si uno se retrasa todos se retrasan.

Can se apena completamente y se reagrupa. Sabe y entiende la seriedad del asunto.

—Discúlpeme y discúlpenme todos. No volverá…

—Mejor devuélvanle su dinero. Conozco a los de su clase, imprudentes, temerarios, típicos machos sin respeto —suelta la malhumorada estadounidense.

Su compañero la agarra por el brazo para detenerla y le murmura al oído. Can se molesta, pero se mantiene callado por ser el causante de aquel incómodo momento.

—Ya el señor Divit se comprometió a obedecer las órdenes. Por favor, quien no esté dispuesto respetar cada una de las normas puede tomar el vuelo de regreso desde este preciso instante.

***

Ya de noche, los grupos de alpinistas permanecen alojados en un conjunto de cabañas cercanas al pie del valle. Con una magnifica vista y a una temperatura que baja de los diez grados con la ida del sol.

Can comparte la suya de dos pisos y dos habitaciones con el japonés Hitoshi Nakada. Un hombre de cincuenta y nueve años, que según la opinión de cualquiera, es demasiado mayor para intentar subir el Everest. Hitoshi es muy callado, como si se mantuviera reflexionando sobre todo a cada momento. A Can le parece un sujeto admirable por su valentía al querer asumir un reto tan grande, también muy interesante por sus costumbres y el lugar del que proviene. Este, ahora bebe el té sentado en el piso frente a la fogata de la sala. Abrigado solo con su kimono.

—¿Puedo sentarme?

Hitoshi asiente, toma la jarra y le sirve un poco de té en una taza.

—Es té de matcha. Muy delicioso y popular en Japón.

—Gracias, muy amable. —Lo prueba—. Es cierto, es exquisito. Hitoshi, perdóname le pregunta, pero, ¿no tienes frío?

El nipón asiente varias veces antes de responder.

—Mi esposa y yo aprendimos a controlar el frío durante años. Todo está en la mente, amigo—dice sonriendo.

—Desearía también poder hacerlo porque me estoy congelando.

Conversan por un rato, de sus vidas, infancias, diferencias culturales y hobbies. Can, siempre amante de las buenas historias, se fascina rápidamente por las del nipón. Quien las relata con tono nostálgico y dejando mucho para la reflexión.

— Hitoshi ¿Cuál es la historia que lo trae aquí? Debe ser aún más interesante que la de cualquiera de nosotros.

19

—No sé si sea interesante, Can. Pero sí le puedo decir que fue difícil y algo triste en su momento.

—Si no quiere hablarlo…

—Fue algo difícil, supongo que ahora estoy en el punto de celebración. Mi esposa fue alpinista casi toda su vida. Subió ocho de las montañas más altas del mundo; Cho Oyu, Manaslu, Kanchenjunga, Nanga Parbat… le faltaba el Everest y quiso lo conquistáramos juntos. Por lo que dejó su sueño a un lado mientras me entrenaba y todo iba bien, pero murió de un edema cerebral durante un ascenso.

—Pero su sueño no murió y usted vino a cumplirlo por los dos. Es muy admirable, señor Hitoshi.

—Así es. Vine a colocar su collar favorito en la cumbre.

Hitoshi le muestra un hermoso y fino collar de oro con un enorme rubí rojo. Perteneció a un famoso samurái que murió siglos atrás protegiendo a su amada durante un ataque, la hija de un emperador. Se convirtió en la reliquia familiar más valiosa, un símbolo de valentía y amor; dos palabras que significan mucho en aquella cultura.

Can pide permiso y los fotografía a ambos.

Se escucha bulla fuera y Can se asoma por una de las ventanas. Hay una fogata encendida. Muchos se encuentran reunidos alrededor de ella, al parecer hablando y conociéndose.

—Señor Hitoshi, ¿qué le parece si salimos y conocemos a nuestros compañeros de viaje?

—Preferiría quedarme y descansar.

—Vamos a subir la montaña más alta y una de las más peligrosas del mundo, necesitamos conocer a los que harán la travesía con nosotros ¿no cree?

—Está bien, le acompañaré.

A contrario de lo que pensó Can, Hitoshi no se colocó más nada encima. Salió junto a él con su Kimono y sandalias.

Junto a la fogata se encontraban todos los que bajaron del avión.

—Buenas noches. A lo mejor algunos me recuerdan por el desafortunado incidente de esta mañana. Mi nombre es Can Divit y él es mi amigo, el señor Hitoshi Nakada.

Se presentan uno a uno. Los suizos Patrick Bucher y David Lepori; los alemanes Derek Lehmann y Ozil Maier; los españoles Juan Pablo, Diego Gonzales, Alberto Rodríguez y Felipe Garza; los estadounidenses Jenna Miller y Ben Smith.

—¿Miller y Smith? Por la forma en que se montaron en el avión pensé que estaban casados —suelta Felipe con humor.

Las risas comienzan a romper el hielo mientras Derek y su compañero Ozil reparten tragos de dos llamativas botellas.

—Ben no tiene tanta suerte —asegura Jenna.

—La suerte es lo que me ha mantenido solo en lo profesional con esta mujer —responde Ben en tono de broma.

—Te apoyo, amigo. De la que te has librado —agrega Can, soltándole miradas poco amigables a la mujer y mientras sorbe de la bebida de los alemanes—. ¡Y qué rica esta bebida!

—Seguro que está. Cuesta mil quinientos euros —presume Derek.

—Mi padre las regala a sus mejores ejecutivos en las navidades —comenta uno de los españoles.

—¿Solo van a presumir para ver quién es el pavorreal con mejor plumaje? Si es así, avísenme para irme a dormir. —Jenna prueba un trago—. No pagaría más de veinte por esto…

Derek se acerca y la interrumpe.

—Necesitas un verdadero hombre para quitarte esa amargura. Sabes dónde queda mi cabaña, estoy solo, podrás gritar todo lo que quieras.

Silbidos y aullidos se escuchan proviniendo de la mayoría de los hombres. Can no le tiene estima, pero interviene.

21

—¡Así no Derek! No importa que sea una obstinada, sigue siendo una mujer y en mi presencia no se ofenden. Respeto.

—O alguien hará que respetes —advierte Hitoshi con seriedad.

El ambiente se torna algo tenso por momentos. Derek y Ozil miran de mala gana al japonés. Luego el primero se fija más en Can.

—No necesito que nadie me defienda de un pobre hombre que necesita de dinero para impresionar a una mujer.

Mas mofas, sin embargo Derek se mantiene concentrado en Can. Juan Pablo le pregunta si le atrae el turco y este lo ignora haciéndole un gesto con la mano.

—¿Nos conocemos? —le pregunta a Can.

—No hasta hoy.

—Claro que sí… tú eres el hijo del viejo dueño de la empresa que le hace las campañas publicitarias a mis farmacias en Estambul.

—¿Conoces a mi padre Aziz?

—¡Aziz Divit, claro que sí! Te reconozco porque mi hermana te mencionaba a cada rato después cuando estuvimos allí en nuestra visita por negocios.

—¿Sí? Lamento no recordarte.

—No te preocupes. Solo pasaste un instante cuando firmaba el contrato con tu padre. Pero mi hermana quedó impresionada y no paró de hablar de ti en varias semanas. —Se pone en el centro, al lado de la fogata para que todos lo escuchen y señala a Can—. Este hombre ha visitado lugares que nosotros solo hemos podido ver en fotos. El soltero de oro, "*El dios turco*" como le llaman en la prensa.

Todos se quedan mirando a Can con algo de intriga, Jenna con desaprobación y Hitoshi sin darle importancia porque lo conocía un poco más que los allí presentes. Este aprovecha y se despide de Can para retirarse a descansar, pero Jenna lo detiene.

—Señor Nakada, ¿puedo conversar con usted un momento?

Él asiente y se alejan hacia una cabaña.

El clima se mantuvo despejado. Se conocieron un poco más a medida que compartieron los tragos. Como todos se imaginaban, la mayoría de ellos eran millonarios y ricos de cuna, excepto Ben y Jenna quienes iban por trabajo, y Hitoshi, que ahorró por un buen tiempo para poder pagar los altos costes de estar allí.

Capítulo 2

Desde muy temprano en la mañana todos son llamados a sus puertas para salir. Los monitores Peter y Anaís junto a un grupo de porteadores y Yaks, esperan con los equipajes listos. La travesía de varios días para llegar al campamento base dará inicio.

Las fotografías y videos para ser subidos a las redes sociales no se hacen esperar. Can y Ben también se disponen a capturar el momento. El primero con su cámara fotográfica, capturando personas y lugares en sus imágenes; el segundo con su pequeña videocámara con el logo de NatGeo, grabando todo, pero dándole protagonismo a su compañera. Después de hacer una breve introducción, Jenna entrevista a Hitoshi y este confirma ser el esposo de la famosa escaladora nipona Mizuko Nakada. Los cuatro españoles se mantienen agrupados entre ellos. Los alemanes y los suizos se han hecho un poco más cercanos, son algo desordenados y lucen muy emocionados.

—¿Está listo para cumplir el sueño de su esposa? —pregunta Can al acercarse.

—Llevo esperando años este día, amigo—asegura Hitoshi.

—Entonces, déjame inmortalizar el momento.

El hombre posa junto al collar y una pequeña foto de su esposa.

Los líderes los llaman y comienzan la travesía.

Se adentran en el poblado, un lugar de viejas y humildes construcciones de piedra. Pasan por un mercado donde venden todo tipo de equipamientos para alpinistas, de lo básico a lo más exclusivo y costoso.

En la oficina en donde firmaron los registros y pagaron los permisos, había varios papeles con fotografías de personas desaparecidas. Jenna siente escalofríos y se queda mirando las imágenes, toca los rostros, tratando de imaginar quiénes son esas personas, si tienen familias y cuáles serán sus historias. "¿Habrá aparecido alguna?", se pregunta con tristeza.

—Mira a esos pobres bastardos, Ozil. Si no pueden encontrar el camino de regreso, merecen lo que les ha pasado —dice Derek sin escrúpulos y prosigue junto a su amigo y nuevos compinches—Alguien los debe extrañar en casa — comenta Can.

—Mis mejores deseos para ellos —agrega Hitoshi.

Ella los mira y asiente. Ben graba las fotos detenidamente hasta que Peter da la orden y continúan el camino. También anuncia que hasta el poblado de Phakding será un paseo, irán en descenso, sin embargo no deben confiarse porque los senderos son engañosos.

El trayecto es de montaña y las vistas panorámicas parecen increíbles al principio, todos admiran maravillados y conversan sobre ello, a medida que avanzan, se vuelve monótono para la mayoría. Y la temperatura que aumenta considerablemente a mitad del día, incómoda a algunos. Can e Hitoshi se lo toman demasiado bien. El primero siempre deteniéndose para tomar fotos y apreciar hasta el más mínimo detalle de la naturaleza, las personas y animales. Es gratamente sorprendido al ver niños con sus uniformes caminando a la escuela. El segundo parece agradecer por cada momento que pasa allí, es como si se pudiera conectarse con algo más.

Jenna que iba la última, resbala descendiendo por una pendiente muy inclinada y cae en la tierra. Por el peso de su mochila le cuesta levantarse. Can intenta ayudarla a ponerse de pie, ella se niega, pero él insiste al ver que no lo logrará fácilmente.

—¡Puedo sola! —grita.

Todo el grupo, incluyendo los porteadores y hasta los mismos yaks, se giran. Can se encoge de hombros y continúa.

—¡Te dije que solo le faltan colmillos! —dice Ben.

—Esa mujer está muy buena, pero no vale lo que jode —comenta Alberto.

—Pobre del esposo.

—No creo que tenga y si lo tuvo, seguramente se suicidó —agrega uno de los suizos en broma.

—No lo duden —dice Can al pasarles por el lado.

—Por fin todos estamos de acuerdo en algo —finaliza Derek.

Varios niños y mujeres con yaks detrás de ellos pasan en fila india en sentido contrario, subiendo, llevando pesadas cargas al lomo. Lo hacen en silencio y lucen muy cansados.

—Parece duro y lo es, pero los niños sherpas empiezan desde muy jóvenes para poder ayudar a su familia, se dedican a la profesión más común de esta zona, porteadores. No todos pueden estudiar y muy pocos logran terminar los estudios básicos —informa Anaís.

—¡Unos guerreros! —comenta Juan Pablo.

Los suizos detienen a algunos, les regalan agua, comida y dinero. Los demás lo imitan sin demora.

—No se los recomiendo, o llegarán al campamento base sin nada. Tomaremos un descanso de cinco minutos, aprovéchenlo —dice con humor Peter, al mismo tiempo que también obsequia unas galletas.

Hitoshi se aleja un momento del grupo y se queda contemplando el valle en el medio de las montañas. Cuando Can se gira para ir hacia él, se encuentra con Jenna de frente y por muy poco chocan. Ella casi vuelve a resbalar y caerse.

—¿Vas a hablar con el señor Hitoshi? —pregunta Can.

—Así es…

—Después de mí

Camina hacia el japonés sin prestarle más atención a las palabrotas de Jenna. Ya no tolera la actitud hostil de esa mujer.

—Bonito paisaje ¿no? Provoca quedarse a vivir en un lugar así, lejos de todo.

—A Mizuko le hubiese gustado. Aunque si te soy sincero, la puedo sentir aquí a mi lado y sé que está alegre.

—Mándele mis saludos a la señora Nakada y dígale que me hubiese encantado subir el Everest con ella. Seguro me enseñaría muchas cosas.

—Seguro que sí, amigo Can. Todo lo que sé de alpinismo y de supervivencia que me permite estar aquí hoy, lo aprendí de ella. Antes no sabía ni freír un huevo y ahora podría vivir en estas montañas lo que me resta de vida sin nada más que mis dos manos —finaliza sonriendo.

—No es un mal plan, podríamos ser vecinos.

Ambos sonríen.

—Amigo Can, ¿te puedo hacer una pregunta?

—Por supuesto.

—¿Por qué pierdes el tiempo con un viejo y no estás compartiendo con aquellos más jóvenes o intentando conquistar a esa hermosa chica? Y no me mal interpretes; me agrada mucho tu compañía.

—Algunos parecen buenas personas, otros no tanto y esa mujer que ni siquiera conozco, no creo que conversar con ella sea bueno para mi salud mental. La verdad es que una conversación con usted será más interesante y beneficiosa.

—No la deberías juzgar tan pronto.

Can gira un poco su rostro, la encuentra con la mirada y se la queda viendo mientras Hitoshi continúa hablando. Jenna está sola contemplando otra parte del mismo valle, fuma un cigarrillo en automático. Can aprovecha el momento, aumenta el zoom de su cámara y toma una fotografía. "¿Qué piensas tanto?", se pregunta.

—Puedo reconocer fácilmente el sufrimiento, angustia y miedo en la mirada de una persona. Soy médico y ejercí durante muchos años, es algo que aprendemos intuitivamente.

Esa mujer ha pasado por mucho, lleva una carga muy pesada en los hombros.

—Entiendo lo que dices y es muy posible que tengas razón.

Siguen hablando amenamente hasta que Jenna se acerca junto a Ben. Interrumpe pidiéndole a Hitoshi unas palabras para la cámara como parte del documental que están grabando para NatGeo. Pero este muy educadamente se niega por el momento. Alegando que un lugar así no debe ser perturbado con aparatos electrónicos y preguntas necias que alteran las buenas energías. Ella, al igual que la mayoría del grupo, siente respeto por el hombre y acepta sus condiciones.

Hay algo en Hitoshi, algo que pocas personas pueden transmitir con tan solo verlas al rostro; serenidad, paz, tranquilidad y confianza.

Pasar el primer puente colgante que se suspendía a una gran altura, no presentó gran sorpresa o problema para ninguno, lo que sí dejó sin habla al grupo de alpinistas fue ver a los porteadores y a los Yaks pasando por este con cargas de sesenta kilos en promedio. Las cuerdas se tensaban y cuando llegaban al medio el puente se curvaba demasiado, dando la sensación de que no resistiría más.

Llegan poco antes del atardecer a Phakding. Como parte del programa de ambas agencias, los alpinistas se quedarán a dormir en las casas que fueron alquiladas para cada uno de ellos, según sus propias exigencias. Pero primero todos son dirigidos a un restaurante lugareño para cenar y en donde piden diferentes tipos de comidas y bebidas.

Los alemanes y suizos se sorprenden al notar que el plato más caro no superaba los cinco euros. Dando un trato algo denigrante a los meseros, piden lo que creen de mejor calidad.

Los españoles, Hitoshi, Can, Ben y Jenna, ordenan momos para probar algo típico del lugar. Después de comerlos y hasta pedir un plato extra, Ben vomita todo cuando se entera que los pequeños pastelitos estaban rellenos con carne de yak. Risas y quejas de desagrado recorren las mesas.

Can nota que Jenna lleva rato mirando a unos niños que conversan sentados en la tierra, tienen las ropas sucias y lucen hambrientos.

Se levanta, va hacia ellos, los invita a sentarse en una mesa y antes de que el dueño del lugar se quejase, paga el doble por los platos de comida. Interactúa con los niños sherpas a través de señas y muecas, haciéndolos reír. Los acompaña hasta que son servidos y empiezan a devorar.

El ambiente se vuelve relajado, Can cruza la mirada con Jenna, quien la observaba desde hacía un rato. Ella le regala una pequeña sonrisa. Entonces Can entiende dos cosas, que Hitoshi tenía toda la razón y que ahora quiere saber más de esa mujer.

***

Can pidió solo una habitación con cama y baño privado, por lo que fue asignado en una casa junto a Hitoshi, Ben y Jenna.

Todos paseaban por el pueblo a excepción de Can y el japonés. El primero se mantenía en su habitación recordando viejas aventuras y amistades alrededor del mundo. Con una mano jugaba con un par de piedras.

Hitoshi pasa por el pasillo y lo divisa por la puerta abierta.

—¿Cuál es la historia, amigo Can? Presiento que eres un viajero con aventuras interesantes.

Normalmente no lo hubiera contado, pero se lo debía.

—No más que usted. Cuando serví en el ejército de mi país me hirieron en un tiroteo, estuve muy grave, me despedí varias veces de mi familia mentalmente. Afortunadamente una anciana me encontró tirado al pie de un árbol y cuidó de mí. Ella me regaló estás piedras.

—¿Qué significan? ¿Por qué son dos?

—Decía que cuidan a los viajeros. Son dos porque según la leyenda, atrapan la luz de la luna. La oscura representa la cara oculta de la luna y la blanca la cara que podemos ver.

—Como en las mismas personas, como Jenna. Aún no conocemos su lado oculto, solo vemos lo que nos quiere mostrar.

Can asiente y le pregunta cómo conoció a su esposa. Después de contarle aquella romántica historia durante casi una hora, ambos salen a conocer mejor el pequeño pueblecito montañero.

La forma de vida en ese lugar es muy tranquila. No hay vehículos de motor, el transporte es al lomo humano o de animales. La calma y tranquilidad se aprecia en el rostro de todos los lugareños, incluso en los que cargan cosas en la espalda. No tienen apuros y son muy cordiales con los turistas que nunca paran de llegar o marcharse.

Can y Hiroshi encuentran un pequeño bar al aire libre donde ya están reunidos los de su grupo, otros viajeros de diferentes agencias y algunos solitarios. Hitoshi decide irse a dormir porque no entona con ese tipo de ambientes. Can entra en el local.

En el centro se mantienen los alemanes y los suizos con un animoso escándalo en una de las mesas junto a unos rusos que beben vodka como agua. Sin detenerse a pensarlo e ignorando las señas de Derek para que se les una, se reúne con los españoles en una esquina del lugar, quienes ya lucen algo entonados. Estos le advierten sobre los riesgos de ingerir alcohol a esas alturas, los que se resumen en embriagarse muy fácilmente.

—No abusen mucho. Mañana el sendero será más duro —advierte Ben al llegar.

—Únete, Ben. Un solo trago no nos hará daño. ¿En qué otro lugar podrás disfrutar de una cerveza con semejante vista? ¿Y cuántas veces podrás volver aquí?

Jenna le hace un gesto con la cabeza desde otra mesa para que se una a ella y a otra viajera con la que conversa, pero Ben prefiere ir con los hombres, donde cree que encontrará una conversación más entretenida y para evitar más burlas de estos.

—¿Qué se cuentan? —pregunta para integrarse.

—¿¡Qué te cuentas tú!? Que siempre andas diciendo y haciendo cosas... extrañas. ¿Cuál es tu asunto con esa nena? ¿Solo trabajo o...? —pregunta Felipe Garza

—Solo trabajo. Es una amargada pero buena persona.

—¿Está casada?, ¿divorciada? —indaga Derek con interés.

—Nunca me ha querido hablar de eso. La conozco desde hace dos años y no le he visto algún novio.

Can conversa animadamente después de un trago que se extiende por más de una hora. Todo se mantiene tranquilo en el bar hasta que Derek ya pasado de tragos, se levanta y vocifera contra las jóvenes y guapas meseras.

—¡Vamos chicas! Si las habitaciones de sus casas las alquilan por un euro la noche, te doy dos y me arropas. ¿¡Por qué se ofenden!?

Miradas cruzadas y muchos comentarios salen de las distintas mesas. Antes de que los mismos compañeros de trabajo de las chicas salieran en su defensa, Can se levanta, apresura hacia Derek y lo sienta con mucha fuerza en la silla, dejándolo aturdido e impactado. El lugar se silencia por completo, nadie se mueve.

—¡Te lo dije una vez y te lo diré sin lastimarte solo una segunda vez más: respeto! En mi presencia no, Derek.

31

Un ruso de considerable tamaño se pone de pie y sus dos compatriotas lo siguen, Derek, Ozil y los suizos también. Can retrocede un paso, pero dos meseros y el cocinero se le suman, los españoles e inclusive el mismo Ben también lo acompañan.

—Podemos seguir bebiendo más tragos y olvidarnos de esto —sugiere Ben.

—¿Todo esto por un par de meseras de pueblo? —pregunta Ozil.

El cocinero iba dar un paso, pero Can lo detiene con el brazo y da la última advertencia.

—Otra palabra ofensiva hacia alguna de ellas y lo van a lamentar…

Uno de los rusos le lanza una botella al cocinero. La pelea comienza. Derek intenta golpear a Can, pero este rápidamente lo esquiva y lo manda al suelo con un poderoso derechazo a la cara. Ozil salta por la mesa y aterriza sobre uno de los españoles, caen al suelo. Los golpes y botellas vuelan por el bar. Ben se aleja y se coloca al lado de Jenna, quien no parece asombrarse por aquel combate a su parecer sin sentido, motivado por el alcohol y la estúpida "hombría".

El ruso más grande se cuadra frente a Can, llamando su atención saca un enorme cuchillo de caza de atrás de su espalda. Otro ruso aprovecha e intenta atacarlo a traición con una botella, Juan Pablo lo derriba dándole con una silla por la cabeza.

—Te debo una, Juan.

—Encárgate de ese enorme ruso y quedamos en paz —responde el español que continúa soltando sillazos.

Los españoles y suizos que pelean entre sí, retroceden al ver la escena. Can se quita la camisa y se la enrolla en el antebrazo lentamente.

—Si te atreves a atacarme con eso, te juro que te voy a lastimar muy duro.

Jenna se queda un segundo distraída admirando el formidable físico del turco, pero sin perder tiempo intenta intervenir.

—¡Basta, es suficiente!

Ben la detiene y le dice con autoridad que no se meta en el asunto.

El ruso dice algo en su idioma con voz alta y carcajea con sus compatriotas mientras se acerca poco a poco a Can. Cuando intenta hacer su movimiento, los silbatos de unos policías detienen todo.

Capítulo 3

Dentro del pequeño edificio que funciona como sede policial, metieron a los más de quince detenidos, copando el lugar al máximo. El intercambio de groserías, insultos y quejas se escuchaban en diferentes idiomas, acentos. Can usó el tiempo para reflexionar y pensar mucho sobre a dónde debería ir después de bajar del Everest, quizás volver a casa un tiempo. También notó con sorpresa que, a pesar de ser un pueblo tan tranquilo, la policía ya estaba preparada y trató el asunto con gran tacto. Supuso que ese tipo de disturbios entre personas de distintas nacionalidades solía ocurrir con cierta frecuencia, aunque no con tantas personas involucradas como ahora.

Estuvieron retenidos un par de horas hasta que las distintas agencias se encargaron de solucionar el inconveniente pagando pequeñas sumas de dinero al dueño del bar y al jefe de policía. Todos los involucrados firmaron documentos comprometiéndose a no repetir situaciones similares o se arriesgarían a ser demandados o procesados penalmente.

Can se va a su habitación casi a las doce de la noche con gran cansancio. Esperando lograr dormir lo suficiente para reponer energías. Sabe que el siguiente trayecto hasta Namche Bazaar es mucho más duro.

El camino hacia su posada es incómodo, lo hace junto a Derek y Ozil. Aunque ellos también quedaron sin ánimos de buscar más problemas, por lo menos, por aquella ya madrugada, había sido suficiente.

Cuando entra se encuentra con Jenna y Ben, hablaban en las escaleras. Ella no dice nada, se marcha a su habitación.

—Pensé que no los soltarían hasta el amanecer.

—Pensé que me cubrías las espaldas y cuando te vi, estabas junto a las chicas.

Ben baja la mirada avergonzado.

—Como notaras, no soy un buscapleitos, de niño siempre tuve que huir de los más grandes. Supongo que de adulto eso no ha cambiado mucho. Tengo un buen empleo y una hermosa esposa en casa. Solo quiero hacer mi trabajo para volver a su lado.

Can asiente y le da unas palmadas en el hombro.

—Te entiendo perfectamente. ¿Por qué arriesgarse con tonterías cuando se es un hombre que lo tiene todo y se es feliz? En tu lugar haría lo mismo.

—¿En serio?

—Umm, no lo creo. No soy de los que huye. Pero tiene lógica lo que dije ¿no?

—Eres un imbécil jaja… Iré a dormir. Salimos temprano y casi todo el camino es en subida.

Sube un par de escalones antes de que Can lo detenga.

—Ben. ¿Cuál es su historia?

—No sé mucho sobre ella, no en lo personal. Es una gran reportera, anfitriona. En lo profesional es magnífica.

—Has trabajado con ella bastante tiempo. Debes saber algo más.

—Es valiente, inteligente, de gran corazón... —Bosteza—. Te diré algo. Déjame dormir y mañana durante esas largas horas hacia Namche Bazaar te contaré más.

Can le hace un gesto con la mano para que se marche a su habitación. Él hace lo mismo luego de meditar un rato en la sala. Mirando al espejo del baño se siente afortunado de no haber resultado herido. Aquel asunto en el bar y en especial con ese ruso armado, pudo terminar en algo desafortunado, pero para el ruso.

Desde la ventana de su cuarto tiene una vista a un sendero de piedras muy transitado en el pueblo. Una pareja camina agarrada de manos. Él los mira con fascinación, dos enamorados paseando a esas horas y en ese lugar tan increíble, tan único. Sonríe al sentir envidia de ellos. Sin

35

pensárselo mucho busca su cámara y les toma varias fotografías mientras se abrazan, se besan, juegan y se aman.

***

Salieron a tempranas horas hacia su próximo punto. Largas subidas y muchos puentes colgantes recorrerán en su camino. Tardarían diez días y varios descansos antes de llegar al campamento base.

Ben le contó que Jenna perdió a su padre a temprana edad y que por alguna razón que desconoce, ella no le habla a su madre ni a su única hermana. Le aseguró que ella era una gran aventurera, ya había subido grandes montañas.

Antes de entrar al parque nacional de Samargatha uno de los españoles enfermó y tuvo que quedarse. Si mejoraba podría alcanzarlos con otro grupo que fuera de subida.

Conocieron numerosos poblados, culturas, personas, comidas y lugares. Entre los que destacaron, una montaña sagrada a la que Hitoshi presentó sus respetos. También pudieron admirar otros grandes e imponentes gigantes de la cordillera del Himalaya.

Aunque los roces entre ambos grupos fueron en aumento al pasar de los días, se mantuvo cierto respeto y tolerancia. El objetivo era el Everest, más importante y costoso que una tonta "enemistad".

Can y Jenna por fin lograron tener algunas conversaciones, que aunque cotidianas, mucho mejores y duraderas que las anteriores. La opinión de ella sobre él, poco a poco fue cambiando, ya no era simplemente otro guapo millonario en busca de adrenalina; Can solo la hallaba más hermosa con el pasar del tiempo y la necesidad de conocerla más crecía en su interior.

***

36

Día 11
Campamento Base, Everest.
5.380 metros sobre el nivel del mar

Todos llegan exhaustos, el lugar está copado de tiendas de campaña de excursionistas de diferentes partes del mundo que esperan su turno para ascender la montaña. Es un intercambio internacional de lenguas y costumbres. Está lleno de vida, de color y actividades. Entre las tiendas destacan unas muy grandes donde se hacen los trabajos de cocina, coordinación, estudios meteorológicos, logística de la base, y el más importante de todos, la comunicación con el resto del mundo para suministros y casos de emergencia.

Peter y Anaís indican a todos donde comenzar a montar sus tiendas, dándoles la opción de pagarle a los sherpas para que realicen el trabajo.

Los alemanes y los suizos son los que más se quejan y los únicos que pagan por ello. Para sorpresa de todos, Jenna se muestra muy habilidosa para la tarea y Ben, es ayudado por Can. Hitoshi es el primero en terminar, ganándole a los experimentados sherpas. Este también ayuda a los desorganizados españoles.

—¡Quiero un té muy caliente! —dice Jenna al terminar y sentarse en la tierra.

—Un poco de ron no estaría mal tampoco —agrega Juan Pablo.

—Puedo conseguir lo que necesiten. Comida, alcohol, revistas —dice un sherpa al escucharlos.

Derek lo llama y junto a sus compinches conversan con el sherpa.

—No, no estaría mal un buen ron, uno venezolano. Pero deben probar el té de matcha del señor Hitoshi. Les curará hasta el alma —asegura Can.

—Tengo suficientes hojas, puedo preparar un poco para todos—responde Hitoshi.

Jenna le da las gracias y manda a Ben a tomar imágenes del lugar para luego hacer un pequeño reportaje.

—Nos indican que tendremos que esperar entre cuatro o cinco días para aclimatar nuestros cuerpos y después podremos optar por iniciar los ascensos hacia el campamento número uno —dice Alberto al regresar de la tienda donde los guías lideres hablaron con el jefe del campamento.

Se ven algunas caras largas y se escuchan quejas después de oír aquella información.

—Es normal, nadie debería sorprenderse. Conquistar la montaña más alta del mundo nos tomará al menos un mes desde este punto. Espero que hayan traído buenos libros, porque los tendrán que releer varias veces —comenta Can.

Quien toma su cámara y camina por los alrededores. Uno de los guías le advierte que no debe alejarse demasiado porque atardecerá pronto y a pesar de que no esperan cambios de climáticos, estos suceden de manera muy fortuita a esas alturas.

Can decide pasea por el campamento. Le sorprender ver a hombres sin camisa a una temperatura de menos doce grados. Estos beben algún licor mientras juegan cartas. Los fotografía.

Ve con curiosidad un grupo de hombres llegar bien abrigados y completamente agotados. Unos se dejan caer de rodillas y tosen sin control. "Enfermedad de las alturas", reconoce. Varios son llevados con ayuda a la tienda que sirve como centro médico.

—¿Hasta dónde llegaron? —pregunta Can a uno de ellos.

El hombre de origen polaco toma aire repetidas veces antes de contestarle.

—Llevamos dos días en el campamento tres. Estábamos listos para continuar al cuatro, pero el clima nos lo ha impedido. Nuestras cargas de oxígenos se agotaron. Dos de nuestro grupo enfermaron. —Tose más—. Y nuestro líder decidió volver.

—Vaya. Espero que lo logren a la próxima.

El sujeto se carcajea mientras tose.

—No sé por qué lo hacemos, lo único que se hace al estar allí arriba es arriesgar la vida y sufrir, sufrir mucho.

—Pero seguro que volverás.

—No lo dudes, tengo que volver y conquistar esa maldita montaña. Acabas de llegar ¿verdad? Se nota por tu actitud. Date unas semanas y odiarás este lugar.

—Llegué hace poco más de una hora. Soy Can Divit.

—Jarek. Debo irme. Te dejaré un recuerdo en la cima — dice y se marcha.

La convivencia en el lugar es curiosa. Todos parecen estar haciendo algo y al mismo tiempo nada, por lo cíclico que se torna con el pasar de las horas; repiten las mismas actividades muchas veces. "Así es el proceso de climatización en las alturas. No hay mucho que hacer".

Comienza a alejarse para conseguir mejores vistas que fotografiar. Lo hace con calma mientras aprecia el cielo despejado, las montañas y el valle. A más distancia, más silencio, más tranquilidad. No puede evitar continuar, la sensación de soledad es libertad para él. Su corazón late con fuerzas y una emoción indescriptible crece.

—¡Soy libre! ¡Te voy a conquistar *Qomolangma*! —grita con todas sus energías.

Pero es sorprendido.

—¡Calma, hermano! —suelta un hombre delgado con aspecto desaliñado.

Can les ve las manos y reconoce el olor de la marihuana. Dos sujetos más salen del mismo lugar, uno con rasgos sherpa.

—Lo siento, pensé que estaba solo. Soy Can.

—Joshua.

—Ryan.

—Junko —dice el sherpa.

Los tres se quedan en silencio mirándolo fijamente. Can tampoco habla, los observa con detenimiento y curiosidad.

—Puedes unirte si quieres. Hay suficiente para todos. El viaje es más fuerte en esta altitud y la vista es, es demencial —finaliza sonriendo mucho.

Ryan y el sherpa también comienzan a reír sin control, tanto que Can se contagia. Ya había probado sustancias parecidas en sus diferentes viajes, en algunos rituales de tribus indígenas en América del Sur y en el ejército durante su iniciación. Y aunque tampoco había mucho que hacer de regreso al campamento, decide pasar. No es lo suyo

—Para la próxima.

Se sienta cerca de ellos un rato, a un metro de distancia. Joshua y Ryan son unos australianos que viajaron hasta allí para fumar con una de las mejores vistas del mundo. No subirán el Everest, solo llegan hasta ahí. Junko es un ayudante de los guías de expedición, ha llegado a la cima del Everest cinco veces. El humo de la hierba que logra alcanzarlo hace un efecto silencioso y rápido en Can. Lo nota cuando ya no puede controlar las ganas de reír. Sus sentidos se maximizan. Puede sentir, oler y pensar de forma más profunda. Aprecia el paisaje de una manera que jamás hubiera imaginado. Las simples formas de las nubes se muestran más complejas.

—¿Qué me pasa? —se pregunta Can.

—Ryan y yo vinimos desde Australia únicamente por este momento, ¿te lo había dicho? —pregunta Joshua.

—Esta es la quinta vez. ¿Qué me pasa?

—Joshua y yo vinimos desde Australia únicamente por este momento, ¿te lo había dicho? —pregunta Ryan.

Can lo mira y se siente confundido.

40

—Joshua y Ryan vinieron desde Australia únicamente por este momento, ¿te lo habían dicho? —pregunta Junko.

Todos se callan por unos segundos mientras intercambian miradas y luego comienzan a reírse descontroladamente.

Can finalmente logra relajarse un poco al pensar en su familia y el efecto le pasa tan rápido como llegó.

***

Cuando regresa al campamento, logra llegar a tiempo para entrar a la reunión de bienvenida e información en una de las tiendas principales. El grupo está allí y con él se completa. Jenna, Ben y Hitoshi le guardaron un puesto. Derek y su combo lo miran con mala cara.

—Siento la tardanza. Me distraje un poco —dice a todos.

—No se preocupe, señor…

—Llámeme Can —dice y toma asiento.

—¿Dónde andabas? ¿Por qué tienes los ojos como rojos? —pregunta Ben.

—Guarden silencio —pide Hitoshi.

El médico encargado del lugar inicia una charla sobre los riesgos de la altitud y cómo deben preparar sus cuerpos para el desafío que enfrentarán.

—En las próximas cinco semanas harán tres excursiones de ida y vuelta antes del ascenso final, para aclimatar sus cuerpos. Con suerte crecerá la cantidad de glóbulos rojos en la sangre, lo que aumentará su capacidad de carga de oxígeno. Serán examinados después de cada retorno para evaluar si físicamente serán capaces de lograr el siguiente reto sin poner en riesgo sus vidas. Yo decidiré quien puede y quien no según mi opinión profesional, nadie podrá discutirlo y todo ello quedará registrado y firmado en este documento. No estamos diseñados para pasar mucho tiempo en esas alturas, nuestros cuerpos mueren ahí arriba. La mejor manera de alcanzar la cima y sobrevivir es atenerse al plan.

Al terminar de hablar el médico, se ponen de pie los dos líderes de expedición de ambas agencias. Encienden una enorme pantalla y comienzan su exposición.

—Como deben saber. Las partes más peligrosas al inicio de todas las expediciones las encontraremos en la cascada de hielo. Son toneladas de hielo moviéndose y chocando las veinticuatro horas. Hay derrumbes, avalanchas y fisuras de mucha profundidad. —Ben traga saliva—. Debemos movernos rápido en ese lugar.

Los hombres continúan hablando mientras Can se distrae mirando a Jenna, quien presta atención a los expertos hasta que nota a Can.

—¿Quieres que te vuelvan a regañar por no prestar atención?

—¿Volverás a sugerir que me expulsen?

—Niños, por favor déjenme escuchar —suplica Hitoshi.

Al terminar la reunión, la mayoría del grupo sale más preocupado que entusiasmado. Los españoles parecen emocionados ante la idea del peligro y la aventura. Hitoshi luce sereno y Ben muy, pero muy nervioso.

Can ve a una mujer hablando con un aparato al oído. Entonces decide caminar hacia el centro de comunicaciones para buscar un teléfono de donde llamar a su viejo y avisarle que está bien, a punto de cumplir un sueño. Le prestan uno satelital y después de varios tonos le atienden.

—¿Hola?

—¿Es el teléfono del increíble, del único, del incomparable y del guapísimo Aziz Divit?

—¡Dios mío! ¡Can! —Se aleja del aparato y grita—: ¡Es Can!

—Padre no tienes que hacer un escándalo por Dios.

—¿Dónde estás hijo? ¿Cómo estás?

—Bien, padre. Estoy en el campamento base del Everest.

—Señor Can, ¿cómo está? Soy Ceycey. —Se escuchan forcejeos—. Ceycey, déjame hablar con mi hijo por favor. Señor Can, soy Deren cuídese, le echamos de menos.

—También les extraño, muchachos. Pero por favor déjenme hablar con mi padre.

Después de treinta eternos segundos, Emre su hermano, se pone al teléfono.

—¡Hermano! ¿Cómo te tratan las sherpas? Me han dicho que siempre están en busca del calor de un hombre, ¿es cierto?

—Emre hermano. Estoy de maravilla. Hoy llegamos al campamento base. ¿Cómo están las cosas en la compañía?

—Sabes que me encargo de las finanzas, así que no hay nada de qué preocuparse. ¿Cuándo vuelves?

—No lo sé, hermano. Quizás cuando baje de la montaña. No estoy seguro. —Silencio de varios segundos—. ¿Emre?

—¡Hijo! Por fin me dieron el teléfono. Todos se volvieron locos en la oficina.

Can mira su reloj, van más de dos minutos.

—Padre, solo llamaba para avisar que estoy bien y saber cómo estás tú.

—Ahora que sé que estás bien, me siento mejor. Pero me preocupa que te pase algo allí arriba.

—Me conoces. Sabes que se me cuidarme. Mándales saludos a todos. Te quiero, papá.

—¿Cuándo vuelves, hijo? También te quiero.

—Cuando lo sepa, serás al primero en saberlo. Hablamos pronto, papá.

Capítulo 4

Día 16

Todos excepto Derek, aguardan en silencio mientras los sherpas hacen los rezos de la ceremonia para pedir el favor de los dioses en los ascensos a la cumbre de *Qomolangma*.

Al finalizar la ceremonia, el grupo se enfila hacia la salida del campamento con su equipaje de escalar y supervivencia a la espalda. Están bien abrigados y se sienten saludables. Hay emoción, expectativas y miedos. Cuatro guías y cuatro sherpas se encargarán de que todo resulte exitoso en el primer ascenso hacia el campamento uno. Ben graba y Jenna dice algunas palabras a la cámara. Hitoshi reza de pie y en silencio. Derek y sus amigos conversan animosamente.

—¿No tienes miedo? —pregunta Juan Pablo a Can.

Can le coloca su mano sobre el hombro y asiente.

—Sería tonto no tenerlo. Pero no te preocupes, estos sujetos han subido muchas veces. Conocen los riesgos y como reducirlos. Todo saldrá bien.

—Cada año desaparecen varios alpinistas en el ascenso. Tendremos que ir con mucho cuidado.

—Cuenta con ello, amigo. Nadie se quedará atrás.

El grupo emprende la caminata con energías.

A medida que se alejan del campamento base, muchos entienden que la batalla de supervivencia contra la montaña realmente está comenzando. Hitoshi se siente orgulloso de sí mismo por estar allí, honrando a su esposa y cumpliendo el sueño de ambos. Derek ansía la cima, algo más con lo que presumir y demostrar su hombría. Ben duda y a cada momento se siente más seguro de que no desea estar ahí. Jenna se mantiene enfocada en lograr su objetivo, conquistar el Everest y hacer el documental que le pide el canal. Y Can, de todos es el más emocionado, quien parece disfrutar de cada paso que lo aleja de la civilización.

Caminan durante horas. La brisa a veces se convierte en ventisca, los efectos de la altitud son notorios y aumentan en sus cuerpos. La excursión deja de parecer una aventura feliz.

Ya muy adentrados en terreno blanco, el silencio, la tos y el cansancio son las compañías directas de cada uno. Los pensamientos profundos afloran junto a los temores e inseguridades personales. Pero a pesar de ello, todos continúan por ese deseo interno de lograrlo, de demostrarse que son capaces de conocer sus límites y sobrepasarlos.

—¿Ven esos enormes y desordenados bloques de hielo? Atravesaremos por ahí. Bienvenidos a la cascada de hielo —avisa el líder uno de la expedición.

—Bienvenidos al corredor de la muerte. —dice un sherpa sin delicadeza.

—¿Corredor de la muerte? ¿No tenían un nombre más aterrador? —pregunta Ben que inmediatamente se pone a tomar imágenes del lugar por pedido de Jenna.

—Palomitas de maíz. Porque parece que el hielo tenga esas formas —dice Juan Pablo a Ben—. ¿Mejor?

Ben se encoje de hombros.

—Vaya palomitas —dice uno de los suizos.

Los enormes fragmentos de hielo parecen comprimirse entre sí, creando un terreno desproporcionalmente irregular y muy inestable.

—Sigan los pasos de los líderes. No intenten improvisar y les garantizo que saldremos muy rápido de aquí. El campamento uno nos espera.

Can se une a Hitoshi y caminan detrás del líder.

—¿Qué tan emocionada estaría ella?

El nipón voltea a verlo y con una gran sonrisa le responde.

—Este terrible lugar le estaría matando de la emoción. Ahí donde nosotros vemos una posible muerte, mi Mizuko

45

encontraba una manera más de burlarse de ella. Y seguramente querría ir por su propio camino.

—¡Vaya! ¡Qué mujer!

Caminaron con dificultad y rodearon con mucho cuidado los grandes bloques de hielo. Las partes más tensas y donde algunos vacilaron, fue en los cruces por las fisuras. Varias escaleras metálicas unidas con amarres eran los puentes improvisados sobre profundos vacíos. Can tomó fotos temerarias sobre aquellos puentes. Desde enfocar sus botas de alpinismo y el oscuro vacío hasta *selfies* en el abismo.

L prueba de la cascada de hielo fue superada con éxito y sin mayores contratiempos, lo que subió la moral al grupo. Los gritos de celebración de Can y Ben hicieron eco en la montaña, contagiándolos a todos con optimismo.

Avanzaron hasta llegar al campamento uno. David Lepori uno de los suizos, presentó dificultades de salud y fue devuelto al campamento base para su recuperación.

Can descansa sobre una roca y comparte un té con Hitoshi. Hacía mucho tiempo desde la última vez que se había exigido de esa manera y se siente satisfecho de haber llegado sin demasiada dificultad, quiere más. Aunque es consciente que esa parte del viaje es como un calentamiento para lo que les espera más arriba.

Él y su amigo son llamados por uno de los españoles para ir a reunirse con el resto.

—Ya estamos todos. Lo han hecho muy bien, felicítense y dense un aplauso. —Se hacen los aplausos—. Bien. Pasaremos tres días aquí arriba para una mejor aclimatación. Hay suficiente alimento deshidratado, postres y bebidas. Cuando quieran comer pueden hablar con los encargados o pueden usar sus raciones. Conozcan el lugar, pero no se alejen demasiado. Aquí la ayuda demorará en llegar si algo pasa.

Esa tarde nadie tiene ánimos de explorar. Se mantienen descansando y algunos recuperándose. A diferencia del campamento base, ahí solo hay veinte personas y un clima variante que hace a cualquiera querer volver al interior de sus pequeñas tiendas cuando el viento aumenta y las temperaturas bajan. Por lo que hay mucho silencio y tranquilidad.

Can coloca un cartel de no molestar en la suya. No le gusta ser interrumpido cuando dedica tiempo a la lectura, es un momento de él.

Dentro de su tienda relee una de sus novelas favoritas, el Conde de Montecristo. Le gusta mucho la historia del honesto hombre que traicionado por sus "amigos", renace como el ave fénix y planea su justa venganza. Durante las pausas en su lectura se dedica a pensar en todo y en nada. En su casa, en su familia, en sus viajes pasados, en sus viejos amores, en la hermosa y esquiva Jenna.

Ben y Juan Pablo le sueltan varios gritos preguntándole si pueden pasar. Can no responde para mantener su tranquilidad, sin embargo, el primero abre el cierre sin esperar respuesta. Can se lo queda mirando fijamente con ojos asesinos, pero este lo ignora.

—Pasa, Juan. Can está desocupado.

—Espero que no esté sin camisa porque no me resistiré —dice bromeando y pasa.

—De acuerdo, muchachos, ¿qué se les ofrece, en qué puedo serles útil? —pregunta luego de respirar muy profundo y varias veces.

—Estábamos aburridos —responde Ben.

—El clima se ha despejado bastante. Pensábamos dar una vuelta por el lugar y queríamos saber si te nos unías —agrega Juan.

Can se encoje de hombros, les enseña el libro en mano y una taza de café en la otra. Promete que para la siguiente ocasión.

—Está bien, hombre. No te interrumpimos más. Nos vemos en un rato.

—Entonces le diré a Jenna que mejor lo dejamos para mañana. Can, eres un aburrido.

Can lo mira directamente a los ojos y este le sonríe de inmediato, esperaba esa reacción. Can suelta el libro y le responde.

—Eres un desgraciado, ¿lo sabías no?

—¿Qué dijo el señor Hitoshi, Juan? —pregunta Ben.

—Que dejaría cualquier cosa que estuviera haciendo —contesta entre risas—. Can, No tienes más oportunidad que yo, a ella no le interesa nadie.

—Porque no he tenido la oportunidad de hacer mi magia—responde guiñándole el ojo.

Salen de la tienda. Jenna y Hitoshi esperaban al lado de una fogata junto a los tres españoles. El japonés cruza miradas de complicidad con ella al ver a Can salir, ambos ríen "disimuladamente". Can lo nota y también observa cómo sus dos compañeros no pueden desdibujar sus sonrisas. "Me las pagarán", se promete.

En otra fogata, Derek y su grupo beben de una botella mientras fanfarronean y se mienten entre ellos.

Con varias linternas y muy bien abrigados, salen a recorrer las cercanías del campamento. Llegan a una parte elevada de la montaña que les regala una vista impresionante del valle. Ante sus ojos se alzan los otros gigantes de la cordillera del Himalaya. También pueden ver las pequeñas luces de algunas casas en los pueblos cercanos y las miles de estrellas sobre ellos.

—Hay personas que nacen y mueren sin nunca haber tenido el privilegio de tener una vista así. —comenta Jenna.

—Imaginen como deber ser desde el pico. Seremos parte de un minúsculo grupo que ha estado en la cima del mundo —agrega Juan Pablo con mucha emoción.

Esas palabras provocan pensamientos risueños en el resto.

—Hay personas que pierden el amor de su vida y otras que nunca conocen el amor. Creo que eso es más triste, amiga Jenna. Estas en lo cierto, somos privilegiados.

Todos se mantienen en silencio y guardan para sí sus propias reflexiones. Can se sorprende que en las palabras de Hitoshi no hubiera dolor, rabia o algún sentimiento parecido; todo lo contrario, parecía feliz al recordar que él sí tuvo la dicha de conocer el amor.

—¡Por el amor! —exclama Diego levantando su taza de café.

Los demás repiten la frase y elevan la mano con cualquier objeto en ella. Can les pide que se junten y se saca una fotografía con el grupo.

—Gracias, muchachos. Está fotografía será muy especial para mí.

—Tienes que enviármela —pide Ben.

—Se las enviaré a todos a sus casas, lo prometo.

—Si quieres la dirección de Jenna, solo pídela —suelta Juan Pablo.

Todos ríen amenamente. Can se aleja hasta acercarse a otro borde. Cierra los ojos para calmar sus pensamientos y respira muy profundo para hacer lo mismo con su corazón. Absorbiendo el momento, concentrándose en la brisa que refresca la piel de su rostro. Sonríe, nada perturba su mente, siente la paz que siempre busca en sus viajes.

Cuando abre los ojos ve a Jenna a su lado. Ella tiene los suyos cerrados y parece relajarse también. No puede evitar que se le escape una sonrisa. Ella abre los párpados, lo ve y sus labios también se curvan.

—¡Los estoy grabando! —grita Ben, quien luego recibe una colleja por parte de Hitoshi.

***

Día 20
Campamento Base

De regreso de la primera expedición, fueron examinados físicamente. El suizo que presentó algunos problemas y fue devuelto, ya se encuentra sano y listo.

Los alimentos en el campamento base son muy variados, desde langosta a tacos mexicanos y los postres no se quedan atrás.

—Aprovechen y coman bien. Mañana saldremos para el campamento dos—dice el líder de la expedición.

—Tiene muy buena pinta eso, Can —dice Juan Pablo al sentarse a su lado.

—Es uno de mis platos favoritos.

Can nota que Juan se queda callado y para de comer por un momento. Tiene la mirada pérdida.

—¿Estás bien?

—Por supuesto —dice al volver—. Can, ¿por qué quieres subir el Everest?

Se queda pensativo antes de responder, después de haber escuchado demasiadas respuestas emotivas a esa pregunta, no quería parecer un Derek, sin embargo, no iba a mentir.

—Soy amante de los retos, me gustaría conquistarla y realizar algunas fotografías. ¿Y tú?

—Supongo que la mayoría hemos venido a por lo mismo, vivir una experiencia única.

Capítulo 5

Día 27
Campamento número tres
7.100 metros sobre el nivel del mar

—¿Cómo va con la aclimatación, señor Hitoshi?

—La verdad siento que nunca deja de empeorar, amigo Can. —confiesa Hitoshi.

—Pensé que era el único —dice Ben.

—Hasta respirar duele. Cada paso aquí es como dar cinco allí abajo —agrega Alberto.

—Vayan a descansar, muchachos. Mañana saldremos muy temprano hacia el campamento base —pide el líder de excursión.

Todos enfilan hacia sus tiendas, menos Juan Pablo. Se queda pensativo. Can se vuelve y se acerca.

—¿Todo bien? ¿Qué te parece otra conversación a siete mil metros de altura y un té del señor Hitoshi? Para ver si finalmente me cuentas porque subes.

—Estoy bien, Can. Gracias por preguntar. Recordaba a mi hermano. Es por él que subo esta montaña. —Saca de su bolso una camisa de la selección española—. Era de él. Tengo una igual en mi maleta, las usábamos cuando íbamos juntos a ver la selección. Quiero dejar la suya en la cima, el lugar más alto del mundo y el más cercano al cielo.

—Vaya. Jamás imaginé que la razón sería algo parecido. Lo siento por haber insistido tanto.

—No te preocupes. Quería contártelo, solo que no se me da muy bien lo de ser comunicativo.

—No te preocupes. ¿Puedo saber qué le ocurrió?

—Un Accidente de coche. Fue hace tres años.

—Entiendo y lo lamento mucho. Es un gran gesto lo que estás haciendo. Valdrá la pena todo esto.

51

—Solo si llego. El síndrome de la montaña me ha estado pegando fuerte, no me he sentido muy bien y tengo miedo de que mi cuerpo me traicione.

—Llegaremos. No te preocupes.

—Pero si no…

—Llegaremos —finaliza pasándole el brazo por encima de los hombros.

Cuando por fin se dirigen a sus tiendas para descansar, no pueden evitar notar que hay una luz encendida en la de Jenna.

—Deberías ir —dice Juan deteniéndose cerca de la tienda de Jenna.

—Quizás en otro momento.

—De acuerdo Can, nos vemos mañana. Descansa.

—Hasta mañana.

Can se queda inmóvil frente a la tienda de Jenna por la indecisión. Puede ver que ella se mueve por la sombra a contra la luz de una linterna y sus ganas de entrar allí aumentan, pero finalmente se retira.

Salen muy temprano en la mañana con un clima favorable.

***

Horas más tarde
Cascada de hielo

Están agotados y necesitan salir de allí lo más rápido posible para evitar riesgos, pero hay otro grupo de casi treinta excursionistas que había llegado primero y se encuentran pasando uno de los puentes sobre una gran fisura. El clima ha empeorado. El frío y el viento son casi intolerables.

—Tenemos que darnos prisa —dice uno de los sherpas, algo preocupado.

—Tendremos que esperar, no hay más opciones —asegura el líder de excursión.

Todos llevan rato empezando a padecer temblores y tosen con más frecuencia. Hasta el calmado Hitoshi no luce muy bien. Jenna ya no tiene la apariencia fuerte de siempre, su frágil cuerpo se tambalea. El mismo Can está ansioso y preocupado. Derek no deja de maldecir. Los españoles se abrazan en grupo para darse calor hasta que Juan se separa y camina en dirección a una pared de hielo.

—¡Líder uno! ¿¡No podemos escalar por aquí!? ¡El hielo se ve consistente! —pregunta gritando.

—¡No, esperemos! ¡Regresa de inmediato!

Juan no hace caso y continúa buscando otro camino. Can se acerca a Jenna al verla sufrir por el castigo de la altitud, el frío y el cansancio. Toma sus manos, las junta a la altura del pecho de él y la abraza.

—¿Qué haces?

—Dándote calor.

—Te estás aprovechando.

—Si quieres puedo dejar de hacerlo. Solo pídemelo.

—Eres un imbécil —dice entre risas—. ¿Por qué no llamaste?

—¿De qué hablas?

—Cuando estabas fuera de mi tienda.

—¡Juan, regresa de inmediato! —grita uno de los líderes.

Juan está distraído golpeando con los puños algunas paredes de hielo, comprobando su resistencia. Can gira a verlo y nota que está demasiado cerca de uno de los bordes de la fisura.

—¡Juan! ¡Aléjate del borde! ¡Deja de hacer estupideces y vuelve! —suelta Can.

No lo escucha por la ventisca y sigue en lo suyo. Ben se mantiene grabando todo.

—¿Qué está haciendo, Juan? —pregunta Jenna.

—Una estupidez —responde Can mientras ve fijamente a su amigo arriesgarse inapropiadamente.

—¿Por qué no llamaste?

Can la mira.

—Pensé que dormías, Jenna.

—Podías verme por la lámpara, yo pude escucharlos murmurando a Juan y a ti. No sabes mentir.

—¡Can, ven podemos subir por aquí! —asegura Juan y le da dos golpes al bloque de hielo.

—¡Joder, Juan! ¡Deja eso y vuelve! —grita Felipe.

—Can... Tengo que contarte algo. Después de lo sucedido con la pelea en el bar, me fui a dormir a mi habitación, pero no pude, tenía muchas cosas en la cabeza. Me quedé observando por la ventana el hermoso paisaje y pasó algo fuera de lo común, de esas cosas que solo se ven en las películas o se leen en las novelas. Una pareja caminaba de madrugada por el pueblo, iban agarrados de la mano, soltaban gritos de alegría, reían, se besaban. El escenario era increíble, todo era perfecto. Sentí envidia de ellos y luego tristeza por la sensación de soledad que me invadió en ese momento, pero entonces escuché el sonido de una cámara y te vi sonriendo mientras los fotografiabas desde tu ventana. Fue extraño, pero dejé de sentirme sola. Desde entonces no paro de preguntarme: ¿Por qué lo hacías? ¿Qué pensabas en ese momento?

Can se queda sin palabras hasta que un sonido semejante al de una explosión retumba en el lugar. La parte superior de un bloque de hielo se quiebra, empieza a desprenderse en cámara lenta y a caer hacia donde está Juan. Todos quedan congelados por la situación, sobrepasados por lo irreal del momento. Un excursionista que pasaba por el puente improvisado se tumba contra la escalera cuando el gigantesco pedazo aterriza a pocos metros de Can quedando perplejo.

—¡Juan, Juan! ¡Di algo! —grita mientras trata de acercarse al lugar donde estaba el español.

Los demás tardan un poco más en reaccionar y también van en su ayuda. Can lucha con desespero por pasar encima de los enormes restos del bloque, el frío, el cansancio y el temor desaparecen; solo quiere encontrarlo. Todos comienzan a gritar el mismo nombre sin parar.

—¡Estoy bien! —vocifera al salir de los escombros—. No me pasó nada —asegura asombrado, sin poder creer que está vivo.

—¡No te muevas de ahí! —ordena Can, molesto mientras avanza.

—¡Maldita montaña, no podrás conmigo! —dice Juan y le da una fuerte patada.

—¡Juan, no hagas nada! ¡Estás demasiado cerca de la...!

Esta vez solo es un pequeño pedazo el que cae, pero lo suficientemente pesado para provocar que el ya debilitado falso suelo tiemble. Juan muerto del terror, corre a toda velocidad hacia Can, quien hace lo mismo hacia él.

—¡Can! —grita Juan desesperado.

Juan ve como Can parece empezar a elevarse; Can ve a Juan siendo tragado por el vacío.

—¡Juan, toma mi mano!

El turco se lanza en la nieve con el brazo extendido y la mano abierta, sin embargo no logra más que rozar los dedos del español, quien cae sin remedio y desaparece en un oscuro vacío.

Alpinistas, sherpas y guías quedan impactados. No pueden quedarse y ordenan continuar el avance hacia el campamento.

***

Campamento Base

Regresaron once de los doce que salieron.

La moral está por el suelo. Nadie habla. Solo hay miradas tristes y perdidas que hablan por sí solas.

Can es examinado por el médico. Hace en automático todo lo que le pide. No puede sacarse de la cabeza ese momento, no puede dejar de sentirse culpable de no haber llegado unos segundos antes.

Responde todas las preguntas de rutina del médico y sale de allí. Jenna, Ben y Hitoshi intentan hablar con él, pero Can no quiere, no puede hablar. Sin importar la hora y el cansancio sale corriendo de allí. No quiere escuchar a más nadie, no quiere miradas, no quiere consuelos, solo quiere estar solo.

Corre sin parar mientras ignora los gritos de sus amigos. Se aleja hasta que sus pulmones no pueden más por la fatiga y cae de rodillas. Está cansado, pero está aún más dolido por dentro. Grita con fuerzas y golpea la nieve con rabia. Culpa a la montaña, se culpa a él mismo.

***

Día 33

Can Divit, Hitoshi Nakada, Jenna Miller, Derek Lehmann, Ozil Maier y Patrick Bucher son los que quedan e intentarán subir hasta la cima. David Lepori volvió a enfermar y se retiró de su aventura; Ben, prefirió no arriesgar más y esperaría en el campamento base; los españoles decidieron retirarse después de la pérdida de su amigo. Le dejaron las camisetas a Can, para que cumpliese aquel deseo.

Todos seguían afectados, en especial Can, pero tenían una meta que cumplir que iba más allá de las emociones.

—En este ascenso final necesitarán más oxígeno para poder sobrevivir sobre los ocho mil metros, en la zona de muerte. Arriba el nivel de oxígeno que obtenemos en cada inhalación se reduce en un setenta por ciento. Cualquier cosa que hagan significará un esfuerzo demasiado grande — informa el líder de expedición antes de partir.

***

Día 36
Campamento Cuatro. 11:50 p.m.
7.900 metros sobre el nivel del mar

Su tienda se sacude fuertemente por la ventisca. Por momentos pareciera que fuera a desprenderse. Can está acostado con una máscara de oxigeno. Esperando para iniciar el ascenso. Ya no está allí para conquistar la montaña más alta del mundo, ese motivo ahora le parece vacío. Solo quiere llevar la camiseta de Juan y la de su hermano para que descansen juntas, luego regresará a casa.

Todos los alpinistas son llamados y reunidos. El líder de expedición toma la palabra.

—Vamos a estar por encima de los ocho mil metros, la zona de muerte. Nuestros cuerpos comenzarán a morir allí arriba. El aire se vuelve demasiado fino para la vida humana. Cualquiera puede enfermar. El hielo es muy resbaladizo, lo que hace el ascenso más complicado. Deben seguir las

57

órdenes cuidadosamente para que avancemos rápido, todos lleguen a la cima y volvamos con vida.

Hay intercambios de miradas serias y mucho silencio. Nadie celebra, recuerdan a Juan; lo que pasó.

Jenna intenta acercarse a Can, quien la ha estado evadiendo. Él no puede evitar sentirse culpable.

—¿Estás bien? —pregunta Jenna.

—Claro —responde y se aleja. No quiere más distracciones, ya le ha costado demasiado.

Ascienden lentamente durante las siguientes doce horas. Cada paso que dan es un significativo esfuerzo y los riesgos están presentes a cada momento. Solo la voluntad los hace continuar. Las cuerdas que los sherpas colocaron son de gran de ayuda para el avance. La nieve es casi hielo por las bajas temperaturas, es muy resbaladiza.

Can lleva la cámara consigo, pero aún no ha disparado ninguna fotografía. Su clásico sentido del humor también desapareció.

Cuando sobrepasan el nivel de las nubes, el amanecer los saluda con una vista impresionante e inolvidable. Los futuros conquistadores de la montaña se detienen para admirarlo. Los guías y los sherpas también lo hacen, no pueden evitarlo a pesar de que no es la primera vez.

La luz es como un baño que limpia las energías negativas y por momentos borra las tristezas.

—No importa que tan oscuro esté, el amanecer llega cada mañana, amigo Can —dice Hitoshi tomándolo por el hombro, le sonríe y agrega—No fue tu culpa, nadie pudo haberlo evitado, fue el destino. Es momento de que vuelvas a usar esa cámara.

Can asiente. Jenna se quita las gafas protectoras. Sus ojos brillan mientras contemplan el paisaje.

Las nubes parecen un mar de algodones y ellos están en la playa.

—¡Qué hermoso! —exclama y luego mira a Can—. ¿No crees? ¡¿Qué esperas para hacer la foto que te hará ganar un Pulitzer!?

Se la queda mirando fijamente. El líder comanda seguir el avance.

—Sí, tienes razón. Es hermoso —dice y le hace una fotografía, a ella.

Hitoshi ríe y los empuja para que se muevan.

El cambiante clima da inicio a fuertes ventiscas que dificultan y retardan el ya complicado ascenso de los grupos. Los últimos doscientos metros a la cima les toma demasiado tiempo y esfuerzo.

Un sherpa que va en la delantera resbala y desprende un pedazo considerable de hielo, por los fuertes vientos resoplando en los oídos de los alpinistas evita que el resto del grupo se dé cuenta del inminente desastre, excepto Hitoshi, quien ve como la bola de hielo tumba a varios de los alpinistas que van los primeros. Derek es impactado de frente y enviado montaña abajo, Ozil es arrastrado por la cuerda de seguridad. Los gritos y el pánico no tardan en sentirse. El nipón se abalanza rápidamente sobre el primer alemán y utilizando un pico contra el hielo, logra detener la caída antes de que ambos caigan al vacío. Can consigue sostener a uno de los alpinistas y evita otra posible desgracia.

—¡Mierda! ¡¿Están bien!? —preguntan los guías y sherpas.

—¡Malditos imbéciles! ¡No estoy pagando una fortuna para que me maten! —se queja Derek

Hitoshi le da la mano para levantarse, pero este rechaza el gesto y se levanta por su cuenta. Ozil se acerca al japonés y le agradece haberle ayudado.

—Arigato, señor Hitoshi.

Poco después de las doce del mediodía casi todos llegan a la cima del Everest. Si contemplar el amanecer fue saludable para el grupo, estar en la cima del mundo terminó de sanar sus corazones. Entre lágrimas, palabras de euforia y muchos abrazos, se felicitan. Hitoshi se toma su tiempo y con un rápido ritual, siembra el collar de su amada. Jenna lo graba todo. Can lo fotografía y luego apoya las camisetas sobre una roca, y dedica unas bonitas palabras a Juan Pablo.

Después de un tiempo prudencial comienza el descenso hacia el campamento cuatro.

Están exhaustos, casi al límite, continúan gracias a la motivación. Ya tocaron la cima, ahora solo quieren volver y contárselo al mundo.

Lukla
Aeropuerto.

Aguardan sentados en el pequeño aeropuerto la llegada de la misma avioneta que los había llevado hasta ese lugar. Lo hacen mayormente en silencio. Como al final de todo viaje, las ansias por volver, las reflexiones y recuerdos abundan en sus pensamientos.

—¿Cree que nos volveremos a ver? —pregunta Jenna a Hitoshi

—Me gustaría creer que sí —responde gentilmente.

—Yo espero no volver a ver a ninguno de ustedes. Con un mejor grupo hubiese llegado antes a la cima. Ya estaría en casa —asegura Derek.

Ya lo conocen y se limitan a ignorarlo. Además, nadie tiene ganas de discutir.

—¿¡Me llamará, señor Hitoshi!? —pregunta Ben algo emocionado, con expectativas.

"¿Para qué lo llamaría?", se pregunta el nipón.

—Algún día, quizás si… no, la verdad no lo creo.

Se escuchan risas. Can se ha mantenido muy callado desde que bajaron de la cima, ni siquiera un buen chiste le hace reír. Con la emoción de la cumbre diluida por el pasar de los días, el recuerdo de haber perdido al español lo afecta y le cuesta mucho evitar sentirse culpable. Los momentos junto a Juan Pablo, las largas charlas en las solitarias alturas, las bromas, la convivencia grupal. Se conocieron por pocos días, pero los viajes generalmente acercan a las personas y más uno como aquel.

—¿Estás bien? —pregunta Jenna al sentarse a su lado.

Can que tenía la mirada perdida, gira hacia ella y le regala un intento de sonrisa mientras asiente.

—No lo parece, pero supongo que debo confiar en tu palabra ¿Qué harás? ¿A dónde irás? ¿Volverás a casa?

—No lo sé. Cuando este en la ciudad lo pensaré. ¿Y tú?

—Así son todos los millonarios ¿no? No tienen compromisos ni responsabilidades. Pueden simplemente hacer los que les da la gana —dice intentando sonar cómica.

— Regresar a casa y continuar trabajando.

—¿A mí no me preguntas si nos volveremos a ver? —Pregunta Can.

—No hace falta.

—¿Por qué?

—Porque sé que no nos volveremos a ver.

—¿Cómo puedes estar tan segura?

—¿Tú crees que nos volveremos a ver?

Can se queda en silencio, el tiempo suficiente para responder aquella pregunta y ella no puede ocultar su mirada de decepción.

Llaman a los pasajeros con destino a Katmandú por el altavoz. Los del grupo comienzan a ponerse de pie. Jenna lo hace lentamente, mirándolo y en silencio. Ben se encoje de hombros y la sigue. Lo cierto es, que Can no tenía intenciones cambiar su agenda.

Hitoshi le da unas palmadas en el hombro.

—Amigo Can. Tienes que dejar esa actitud o la vas a perder sin siquiera haberla tenido. Creo que es una gran mujer con un pasado difícil. Debes decidir qué es lo que quieres, antes de que lo que quieras ya no importe.

El nipón se encamina al avión mientras Can comprende la realidad de sus palabras. Va a perder sin si quiera intentarlo. Siente algo de temor.

Dentro de la aeronave y mientras se abrochan a sus asientos, Can se acerca a Jenna y le pide que le llame al aterrizar, aunque no parece convencida acepta sin poner objeciones. El vuelo es tranquilo y le sirve a Can para meditar. Ha perdido las ganas de seguir viajando y finalmente decide que es tiempo de volver a casa.

Cuando aterrizan, todos se despiden amigablemente. Se miran y se dan la mano sabiendo que probablemente más nunca volverán a verse en sus vidas. Es una sensación extraña que los hace pensar en ello, pero no es que les importe mucho. Hay abrazos, se desean lo mejor. Hasta Derek deja de ser un patán y se despide educadamente, dejando ver en sus ojos que el emotivo momento también lo está tocando. Se tomó su tiempo, pero le agradece a Hitoshi por haberle salvado la vida. Can también se despide de cada uno, siempre intentando no perder de vista a Jenna. Sus miradas se cruzan desde lejos mientras conversan y se despiden con sus compañeros de expedición. Can desvía su atención hacia el nipón, Jenna se lo queda mirando fijamente, liberando un tranquilo suspiro.

—Cuando pases por Japón, no olvides visitarme, amigo Can.

—Si voy a Japón, así será. Fue un placer, señor Hitoshi. Su esposa estaría muy orgullosa.

—El placer ha sido mío.

Can se distrae con Hitoshi y para cuando se da cuenta ya es demasiado tarde. Jenna ya no está. Su corazón comienza a latir fuerte, empieza a temer no volverla a ver. Corre hacia Ben, le pregunta dónde está y no espera a que termine de responder. Sale en la dirección por donde se había ido. Tropieza con personas, maletas, se resbala y por poco se cae. Suelta un grito con su nombre, pero se detiene al notar que llamaba la atención de unos oficiales. "No la encontrarás después", recuerda las palabras del cámara.

Regresa donde Ben y Hitoshi. Se siente molesto consigo mismo.

—Ben. Dime que me puedes ayudar a encontrarla.

—Puedo intentarlo cuando lleguemos a Estados Unidos. Pero ella es muy reservada. Sé que se ha mudado varias veces, cambia de número constantemente y no tiene redes sociales. Es como si estuviera huyendo o escondiéndose.

—La volverás a ver Can —agrega Hitoshi

—Espera a que llegue a Estados Unidos y te escribo cuando sepa algo.

Can los mira a ambos y libera un largo suspiro.

Estambul

Capítulo 6

La ciudad seguía idéntica, pero al igual que las últimas veces, a Can le parecía diferente, distante. Conducía su moto con gran tranquilidad, sin apuro, camino a la empresa.

Eran las diez de la mañana, sabía que habría un alboroto por su llegada, pero quería sorprender a su padre así que no tenía más opción.

Can tiene puesta una chaqueta de cuero negra y una franela ajustada debajo, que marca su bien definido torso, su barba cuidada y su cabello bien recogido; luce como el hombre de siempre, por lo menos por fuera. Cuando llega al piso de la oficina central todos comienzan a detenerlo. Can es muy querido por todos.

—¡Señor Can! ¡Nuestro héroe ha regresado después de subir la montaña más alta del mundo! —grita repetidamente Ceycey, uno de los empleados más variopinto de la agencia de publicidad.

Los que todavía no lo habían notado ahora lo saben, el otro hijo del jefe estaba en casa. Una joven y elegante mujer le pasa por detrás.

—¡Qué placer tenerte de vuelta! Pensé que nos habías olvidado a todos. Bienvenido a casa.

Se detiene y se dan un abrazo cordial.

—Gracias, Aylin. Ahora tendrás que compartir a Emre conmigo.

—Llévatelo una semana. Así aprovecho para trabajar más.

—Tan ambiciosa como siempre, me agrada. ¿Mi papá está en la oficina?

—Ambos. No te esperan. Se alegrarán al verte.

Can intenta responder, cuando llega Deren y lo abraza de sorpresa, por poco montándosele encima y apretándolo con mucha fuerza. Ha estado enamorada de él desde hacía mucho tiempo y no puede controlar su emoción. Es una mujer hermosa, bien vestida y ocupa un puesto importante en la agencia.

—¡Can! Recé por ti todas las noches mientras estabas en aquella feroz montaña. Tenía miedo de no volverte a ver. ¿Cómo estás? ¡Cuenta, cuenta!

—Deren, por favor. Estoy bien. No tienes de que preocuparte.

—Bienvenido, señor Can —saluda tranquilamente la asistente personal de Aziz—. Su padre va a enloquecer de felicidad cuando lo vea, no lo espera.

—Gracias, Güliz. Deren, por favor. Vamos mujer. —Trata de alejarla, aunque se agarra con fuerza.

—Todos los días le preguntaba a tu padre por noticias tuyas. ¿Por qué nunca me hiciste una llamadita?

Con ayuda de CeyCey, a quien le agradece, Can logra quitarse de encima a Deren para poder ir a ver a su padre en la oficina.

Aziz sentado y Emre inclinado a su lado, conversan sobre un documento en el escritorio. Cuando Can abre la puerta ellos se detienen y se quedan en silencio por unos segundos, asimilando lo que ven. No lo pueden creer, hacía casi un año que no lo veían.

—Hijo... hijo mío.

—Hermano —grita Emre con alegría.

Aziz se olvida de todo y se levanta con premura para el encuentro. Padre e hijo se abrazan por unos largos segundos. Se saludan y se preguntan mutuamente cómo se encuentran. Los ojos del padre se humedecen. Emre no tarda en unirse al abrazo, también extraña a su hermano.

—Vámonos de aquí. Tienes que contarnos todo —dice Aziz mientras les da media vuelta a sus hijos para enfilarlos hacia la salida.

—No es necesario, papá. La empresa… —intenta decir Can.

—Para algo es mi empresa. Nos vamos.

—¿En qué coche? —pregunta Emre.

Aunque sin muchos y omitiendo algunos detalles, Can les contará lo ocurrido durante su viaje mientras comparten un delicioso almuerzo y un par de buenos tragos.

***

La noche y las estrellas cubrieron el cielo de Estambul.

Can se encontraba en su casa, en la habitación donde creció, podía escuchar a su padre y a su hermano conversar y reír en la cocina, más en su hogar se sentía diferente. Ya había pasado por eso cuando regresó del ejército y logró superarlo viajando por el mundo. Ahora era diferente porque lo que había sido su cura, es lo que lo ha devuelto a casa en ese estado.

Mientras batalla entre sus pensamientos, su teléfono suena. En la pantalla sale un aviso de un nuevo correo entrante. Se le escapa una sonrisa al imaginar que podría ser Jenna, pero sabe que eso es imposible. Sin embargo, no por ello deja de ser interesante. El correo es de un hombre quien dice ser, Tomás Smith, un cofundador de Greenpeace. En el mensaje lo halaga por su trabajo y sus fotografías en pro a la salvación de especies animales en peligro de extinción. Le pide ayuda para exponer aún más la caza indiscriminada. Le deja un número telefónico con el cual comunicarse para hablar más del tema y un enlace hacia una página.

Can rápidamente abre su portátil e investiga bien al hombre. Y en efecto, si es quien dice ser, es una persona que ha dedicado su vida a la protección de los animales y al medio ambiente. Abre el enlace y hay varios videos. Mientras más ve, más rabia siente, dolor e impotencia. En estos se muestran varias escenas cuando imponentes ballenas son capturadas y asesinadas cruelmente en el océano, sin piedad; rinocerontes masacrados en África para realizarse fotos junto al cuerpo; cadáveres de los casi extintos gorilas apilados en el Congo. Pasa más de una hora viendo el horroroso material, noticias e informándose. Siente la necesidad de ayudar, pero no se siente capaz de volver a emprender otra aventura, no ahora. La duda lo carcome, él no es así. Está estancado emocionalmente.

Tocan la puerta.

—Hijo, ¿estás bien? ¿Puedo pasar?

Can respira profundo varias veces para calmarse y le pide que entre. Aziz ya lo había notado, pues, es su hijo. Sospechaba que algo no andaba bien, ahora tiene la certeza. Can le sonríe y comienza a soltar bromas. Su padre se sienta a su lado y lo mira fijamente en silencio.

—¿Qué pasa, padre, has perdido el sentido del humor?

—Puedes contármelo, hijo. Lo que sea que te esté pasando. Nunca te juzgaré y siempre tendrás un abrazo cuando lo necesites.

Can intenta hablar, mas no puede y traga saliva. Ha sido un hombre fuerte desde siempre y muy pocas veces demuestra algo, pero es su padre y mejor amigo a quien tiene al frente. Sus ojos se humedecen un poco y Aziz lo abraza. El enorme, orgulloso e imponente hombre joven recibe el consuelo de su frágil y viejo padre.

—No importa qué haya pasado, lo resolveremos juntos.

—La muerte no tiene solución. Pude salvarlo, sabía que corría peligro. Todo en mí me decía que debía ir a detenerlo, pero fui egoísta y me quedé abrazándola porque ella moría de frío. Y ahora también la perdí a ella.

69

—Aunque no sé qué ni cómo, estoy absolutamente seguro de que hiciste todo lo que pudiste para evitarlo y sé que no fue tu culpa. Porque eres la persona más valiente y generosa que conozco, pero nunca pondrías a alguien en peligro. Eres un buen hombre, Can. Eres mi orgullo más grande, eres mi hijo.

—Gracias, papá. No sabes lo mucho que significa que el mejor hombre del mundo me diga algo así.

Conversan un largo rato y Can se logra abrir con su padre como no lo hacía con nadie por mucho tiempo. Comparten tragos y hablan desde el corazón.

—Entonces te escribió este tal tipo de Greenpeace, ¿qué piensas hacer?

—No lo sé, padre. No tengo idea.

—Eres como un pájaro, Can. Te heriste en tu último vuelo, pero pronto necesitarás volver a volar. Es tu naturaleza.

—¿Y si solo vuelvo a la empresa y me quedo un tiempo?

—Yo sería el hombre más feliz del mundo, pero sé que tú no lo serás. Cuando decidas volver y quedarte en casa un tiempo, debe ser porque buscas tranquilidad, establecerte, no por miedo. Descansa y duerme. No tienes que decidir nada en este momento.

Can sonríe y recibe bien aquellas palabras. Aziz reconoce la mirada a su hijo y lo entiende.

—Aunque ya decidiste que es lo que debes hacer ¿verdad?

—Gracias, papá.

Se beben un trago más, Aziz sale de la habitación y Can toma su móvil y llama al número del tal Tomás Smith.

—¿Diga? —dice después del tercer tono.

—Recibí tu correo.

—Envío muchos correos al día. Necesito un nombre.

—Can Divit.

70

—Señor Divit. No esperaba su respuesta tan pronto, pero es una grata sorpresa. ¿Ha visto los videos? Sé que no es algo nuevo...

—¿Cómo puedo ayudar a detener esto?

—No sé si algún día podremos parar esa brutalidad, pero merece intentarse todos los días. Necesito que me ayude a exponerlo de la manera más cruda, que sus imágenes y sus palabras retumben en cada rincón del planeta.

—¿Mis palabras?

—Serás un nuevo rostro que represente nuestra organización, vendrán periodistas.

—¿Por qué yo? Hay miles de fotógrafos que lo harían.

—Por dos razones; usted tiene renombre internacional, una reputación intachable, es una persona digna que representa todos los valores de Greenpeace y segundo, tiene recursos. Sería un trabajo no remunerado. Pero...

—Primero debo ver la cara de la persona con quien hablo y luego hablamos del trabajo.

El hombre le llama por videollamada y Can comprueba que si es quien dice ser. El hombre de Greenpeace le da las instrucciones a seguir para poder llevar a cabo la primera misión.

Can sale de la habitación y se une a su padre y hermano, quienes beben en el jardín de la enorme casa.

—Can, estoy convenciendo a papá a dar una vuelta...

—Lo siento, hermano. No podré. Mañana salgo hacia Islandia. Delante de ustedes tienen al nuevo fotógrafo especial de Greenpeace, si todo sale bien salvaré muchas vidas animales y probablemente este hermoso rostro saldrá en las portadas de muchas revistas —dice y hace gestos de alabanza hacia él mismo.

Le sirven una copa y se levantan para felicitarlo.

—¿Ganan bien los fotógrafos de Greenpeace? —pregunta Emre.

—No puedes imaginártelo, hermanito. Toneladas de dinero, tendré que pesarlo para no perder tiempo contándolo.

—Emre, sabes que Can no lo hace todo por dinero. Estoy orgulloso, hijo.

—¿Por qué te marchas tan pronto, Can?

—La despreciable temporada de caza de ballenas empieza a partir de primeros de julio. Saldré en mi barco, será un viaje de varias semanas hasta Islandia donde me encontraré con un contacto que me guiará y ayudará a conseguir las fotografías.

—Entiendo, ¿y luego de eso? ¿Volverás?

—Si todo sale bien, supongo que en un par de meses.

—Bueno, al menos termina esta botella junto a nosotros.

—Seguro que sí. Emre, ¿Qué pasó, que te dieron la noche libre?

Aziz casi se ahoga con su trago y agrega:

—Es cierto, ¿dónde está Aylin? Es raro que no te esté regañando por algo.

—¿Verdad papá? Esa mujer lo tiene sometido. Debe estar fundiéndole el teléfono con mensajes. Emre, a que no puedes apagarlo media hora.

—Vamos, vamos. Dejen la envidia par de solterones amargados. Ya quisieran tener una mujer así.

—¡Dios me libre! —suelta Can.

—¡Nos, libre! —dice el viejo Aziz.

Islandia

Capítulo 7

Semanas después
Cercanías a la costa

Can suelta un suspiro de alivio cuando por fin puede divisar las escarpadas montañas de Islandia en el horizonte. Comenzaba a atardecer y el mar a agitarse, no quería navegar de noche, ya tiene malas experiencias y sabe que el secreto de los capitanes más exitosos es tenerle respeto al mar.

Se siente optimista. Enciende la radio del barco y cambia de emisora hasta escuchar algo de música. Registra en la nevera a ver si le queda alguna botella.

—¡Hay que celebrar! —Encuentra una sola cerveza en el fondo—.

Cualquiera solo vería a un hombre solitario en la proa de una pequeña embarcación bebiendo y cantando como un loco, usando de micrófono la botella.

Fue un viaje largo desde que salió de Estambul. Hizo escalas en diferentes países y se tomó su tiempo. Grecia, Malta, España, Portugal y Francia fueron algunas de sus paradas donde fotografió y visitó nuevos lugares. En la capital inglesa conoció a Polen, una hermosa estudiante de física cuántica con la cual entabló una amistad.

A Can le encanta navegar, le ayudó a reconectarse consigo mismo, a sentirse libre, sin ataduras y a replantearse sus objetivos. Habló por correo electrónico con Ben y este le facilitó uno de Jenna. Desde entonces Can le envió numerosos correos con fotografías y aventura, hasta el momento sin recibir respuesta alguna. Él no tiene prisa, cree firmemente que las cosas que están destinadas no necesitan ser forzadas y está seguro que en el momento adecuado todo sucederá.

Las fuertes olas demoraron su llegada al pequeño puerto del pueblo de Borgarfjördur Eystri. Cuando por fin pone pie en tierra firme se alivia, la etapa más larga de su viaje ha sido superada exitosamente.

La última vez que habló con Tomás Smith, quedaron en que su contacto, un sujeto algo robusto y de cabellos blancos, lo esperaría en el bar de aquel pueblo. Todas las noches a partir de las siete y hasta las nueve de la noche, ocuparía una mesa en la esquina, cerca de los baños. Le pareció extraño que el encuentro no fuese en la capital, supuso que debe haber alguna razón.

Según los cálculos de Can por la ubicación del sol, apenas deberían ser las seis. Se muere de hambre y está harto de comer pescado, así que lo primero es buscar un buen pedazo de carne y quizás una cerveza bien fría. El lugar no es muy grande, solo consta de algunas casas y un par de negocios. Deja todo su equipaje en su barco y comienza su exploración. Habla a un hombre que cuida el muelle para pedirle indicaciones.

Todo es muy tranquilo. Los pocos lugareños que transitan lo miran de reojo, pero sin darle demasiada importancia, él levanta la mano y saluda a todos por educación. Admira el paisaje, las construcciones y el ambiente. No ha conocido nada y ya le gusta. No puede evitarlo y sube una colina para tomar una foto del atardecer. Toma varias; una montaña cubriendo una parte del sol, a una mujer joven paseando a su bebe en coche, a un hombre barriendo las calles. Pretendía capturar más con su cámara, pero ver lo que parece ser una ballena en el horizonte, le recuerda su misión y su estómago sonando por el hambre, lo hace volver a pensar en comida. Desde allí busca el bar y lo encuentra sin problemas

Cuando entra en el local escanea y localiza dos mesas cerca de los baños, en una están dos personas conversando. Can se sienta en la de al lado.

—Ey, joven. ¿También vienes por lo de Greenpeace? —pregunta el hombre rubio de la mesa cercana, casi en susurro.

"La cámara me delata y no soy al único que han convocado", entiende Can. Lo ve de arriba abajo antes de responder. El sujeto es un poco más grande que él, apuesto y de acento británico.

—Así es, amigo. Soy Can Divit. ¿Con quién tengo el gusto?

El hombre y su acompañante se ponen de pie. Can tiene que alzar un poco la mirada para poder ver al rubio a los ojos, algo a lo que no está muy acostumbrado. Pero le trae un recuerdo y una duda, una que se convierte en certeza al escuchar el nombre.

—Soy Bernard Coleman, primogénito del duque de Beaufort. ¿Todavía no me reconoces? ¿Es que he cambiado tanto? —pregunta en tono engreído y le aprieta la mano a Can inusualmente fuerte.

No lo puede creer. Si no es porque tiene una cara parecida, y habla del mismo modo presumido e irritante, no creería que sea el mismo Bernard Coleman. Estudiaron juntos en la universidad. Pero ese hombre que está ahora ahí, no se parece en nada al delgaducho, puberto y asocial sujeto con el que Can compitió por las mejores notas durante algunos años.

Can entiende que Bernard quiere cambiar las cosas y luchar por mostrar el dominio que nunca tuvo. Por lo que también aumenta la presión en el apretón de manos.

—Soy Alessandro Santoro —suelta el segundo sujeto.

Can y Bernard lo ignoran, se mantienen mirándose fijamente intentando no demostrar dolor o esfuerzo mientras tratan de vencerse y demostrar quién es el macho alfa. Las venas comenzaban a brotarse y las caras a enrojecer. "Hijo de

76

puta, que fuerte está", piensa Bernard; "este malnacido gigante me va a romper la mano, ¿qué le dieron de comer en estos años?", se pregunta Can.

—¡Chalados! —grita Alessandro y vuelve a sentarse.

Una mesera pasa y se detiene al lado de los hombres. Los mira y siente dudas si preguntar o esperar a que la llamen.

—Buenas, ¿van a pedir algo?

—Dos cervezas más —dice Bernard con algo de dificultad y sin reducir la presión en la mano.

—Yo quiero una parrilla de pura carne, con papas fritas y algo de ensalada. —Can se detiene un momento para tomar aire, sin dejar de apretarle la mano. Bernard ríe, pero también tiene que respirar—, y una cerveza —dice finalmente.

—Aja... enseguida les traigo el pedido. Están locos —susurra antes de irse.

—¿No piensas rendirte nunca? —pregunta Bernard.

—Podría estas así todo el día —asegura Can, sin creérselo.

Bernard mira la hora en su lujoso Rolex.

—Solo tengo dos horas para derrotarte. Más que suficientes —dice sonriendo.

—¿Dos horas? Acaso tú papá... ¿todavía te manda ir a dormir temprano?

—No, nadie me mandaba a dormir en la universidad y nadie lo hace ahora.

Can comienza a reírse y ambos terminan haciéndolo. El sudor hace aparición en la frente del primero.

—¿Cansado? Puedes rendirte en cualquier momento y nadie se enterará.

—Para nada, hijo del duque de Beaufort. Can el hijo de Aziz, apenas está calentando. ¿Así que también te hiciste fotógrafo después de que nos graduáramos?

—Eso dicen mis Travel Photographer of the Year 2009 y 2012.

—Te puedo enseñar los míos 2007 y 2013 para verificar si los tuyos no son falsos.

Bernard aprieta más fuerte, Can también.

—Paren, muchachos. Se va a enfriar la cerveza— Alessandro nota que ninguno de ellos le presta atención

— Bah. Me iré a buscar alguna mujer. ¿Sabían que más del sesenta por ciento son solteras? Ligar aquí debe ser más fácil que en una discoteca de Ibiza. —Se levanta y se dirige a la barra donde está una mujer bebiendo sola.

Alessandro es un típico italiano, de cabello largo dividido a la mitad perfectamente, bellos faciales afeitados cuidadosamente. Es un hombre de mundo con tres intereses primordiales: los vinos, las mujeres y el medio ambiente. Tiene viñedos en varias regiones de su país, pero su principal *hobbie* es ser *influencer*. Tiene un canal con más de cinco millones de seguidores en Youtube, en Instagram supera esa cantidad. Utilizando su visibilidad expone las crueldades animales y los ecocidios en cualquier parte el planeta.

Cuando se hacen las siete de la noche suena el reloj del bar y al mismo tiempo la puerta se abre. Entra un hombre de cabello blanco, acompañado de una guapa mujer muy joven. Can y Bernard entienden que se trata del hombre que los va a guiar en la misión.

Los recién llegados caminan hasta donde se encuentra el par, todavía sujetos de la mano. La mujer los mira de pies a cabeza. Ella es de piel blanca como la nieve, tiene unos enormes ojos azules, su largo pelo es de color castaño muy claro y sus rasgos son delicados.

—¿Estos son la esperanza de las ballenas? —pregunta Rakel Helgadóttir. "¡Qué guapos!", piensa al mismo tiempo.

—Espero que sí —responde Paul Watson.

—¿Qué quiso decir esta mujer? —pregunta Bernard ya cansado.

—Que no somos lo que esperaba —presume Can.

Ella les hace un gesto para que paren. Ellos se miran, asienten y sueltan. Bernard estira la mano, Can disimula que le duele cada hueso en la suya.

—Es un empate, hijo de Aziz.

—Iba ganando, pero sí, un empate, hijo del duque de Beaufort.

Los cuatro toman asiento en la mesa. Alessandro rápidamente se une. Todos se miran las caras y luego el hombre de las canas comienza a hablar.

—De acuerdo. Creo que no esperamos nadie más. Presentémonos. Soy Paul Watson, uno de los cofundadores de Sea Shepherd.

—Sabía que te conocía de alguna parte. Eres el de Defensores de Ballenas. Veía tu programa por Animal Planet todos los jueves cuando hacia pecho y espalda en mi gimnasio —dice Bernard.

—Sí. Algunas partes de esos capítulos están en mi canal de YouTube. Eres una leyenda, hombre. Es un honor —dice Alessandro.

—Soy Can Divit. Es un placer también.

— Rakel Helgadóttir —dice la mujer.

—Helgadóttir. Tu padre debe llamarse Helgí o Helgo ¿no? Aquí los apellidos se derivan del nombre del padre. Eres lugareña —asegura Alessandro.

—Así es, Alessandro. Me sorprendes. ¿Eres de esos hombres cultos e interesantes que saben de todo? —pregunta ella.

—Lame botas —suelta Bernard.

—Pues, me esfuerzo en mantenerme adquiriendo conocimientos a diario, así que podría decirse que sí. No como otros que solo saben comportarse como cavernícolas.

—Sí, Alessandro es un hombre muy culto, Rakel. De hecho, hace rato nos contó un dato interesantísimo, que aquí más del sesenta por ciento de las mujeres son solteras. ¿Cómo dijiste que eran, Alessandro? ¿Presas fáciles?

Rakel lo mira con desaprobación.

—No fue lo que quise de…

—Fue exactamente lo que dijo —asegura Bernard.

La camarera sirve cervezas para todos y el plato de comida para Can. Paul da un golpe a la mesa antes de hablar.

—De acuerdo. Suficientes tonterías por hoy. Les explicaré todo el asunto. Durante años yo y mi ejército de valientes marineros nos hemos encargado de salvar miles de ballenas. Pero la organización que dirijo está perdiendo credibilidad y gana demandas en muchos países. El hombre de Greenpeace que los trajo hasta mí, Tomás Smith, él y yo hemos trabajado juntos durante muchos años. Me llamó hace un par de semanas con la idea de crear una iniciativa para revivir los ánimos de la lucha contra los cazadores furtivos que están extinguiendo especies enteras. Sería con un nuevo enfoque, por medio de personas con mejores reputaciones que las nuestras, personas con grandes logros y credibilidad.

—Buscamos personas no solo exitosas, sino que también crean en lo que hacen y para que lo hacen—agrega Rakel

—Los cité aquí debido a que en la capital podrían detenerme si me reconocen, tengo varios juicios abiertos por ataques a la empresa de Kristjan Loftsson, Hvalur. Ellos son los principales cazadores de ballenas y nuestro objetivo principal. La temporada está a punto de comenzar en un par de días y tenemos que estar preparados. Pueden tomar siete días para explorar la isla y nos encontraremos en la capital al octavo. Yo me encargaré de tener todo el equipo listo para entonces.

—Yo me encargaré de guiarlos por la isla —dice Rakel.

—Serás nuestra niñera —agrega Bernard.

—¡Y qué niñera! —suelta Alessandro.

—No necesito guías. Dime donde y cuando, y yo estaré allí —afirma Can.

—No están obligados a nada. Rakel es un comodín para su estancia aquí. Decidan qué hacer. Si nos vemos o no, dependerá de ustedes. Sabemos lo que está en juego y el cambio que queremos lograr. Fueron elegidos por su historial y sus capacidades, tenemos esperanzas en ustedes, pero no se preocupen, estamos acostumbrados a la decepción.

—¿Dónde y cuándo? —pregunta Can.

Watson se pone de pie.

—Rakel les dará todos los detalles y les explicará los riesgos. Debo irme, no es seguro que me quede mucho tiempo.

El hombre se bebe su cerveza, pone un billete en la mesa y se marcha. Can se dedica a comer su gustosa parilla, la cual huele increíble. Extrañaba una buena carne bien cocinada, las patatas fritas son crujientes. Rakel y los dos hombres se quedan mirando el plato por momentos. Él le ofrece, pero ella se niega. Les pregunta a Alessandro y a Bernard si quieren, también rechazan la oferta.

Se levanta y busca a la mujer que los atiende.

—Por favor ¿podrías llevar tres platos más iguales al mío a la mesa? —solicita.

—¿Y cervezas?

—Eres brillante, podrías cambiar al mundo si te lo propones —dice guiñándole el ojo y vuelve a la mesa.

Alessandro está de pie con su teléfono grabando y hablando cuando Can se acerca.

—De acuerdo. ¿Cuál es el plan? Tenemos siete días completos para explorar este hermoso país antes de comenzar nuestra misión. Nuestra guía es está hermosa mujer, no se pongan celosas chicas. Conózcanla. Rakel saluda a mis queridos seguidores.

—¡Hola! ¡Seré la guía de estos guapos y ardientes hombres! —dice sonriente.

Cuando llegan los otros platos de parrilla, no se lo piensan y comen como fieras. Can ríe por dentro al verlos, recuerda a su grupo del Everest y se pregunta qué estarán haciendo Jenna, el torpe de Ben y el estimado señor Hitoshi; supone que como él mismo, continúan con su vida.

Acuerdan buscar los lugares perfectos para pasar una noche tranquila y por la mañana comenzarán a visitar los mejores sitios de Islandia. Can pretendía dormir en su barco, sin embargo, está cansado y una cama tibia dentro de una habitación le asentará mejor.

—Guapos. Mañana a las siete, en este mismo lugar. Nos vemos —dice Rakel.

—Que descanses—dice Alessandro.

—Ya saben a dónde ir. Nos vemos mañana.

—Hasta mañana—se despide Can.

Le vuelve a indicar a cada uno cuál es la casa familiar donde por unos cuantos euros les permitirán dormir y se marcha sonriente.

—¡Qué mujer! ¡La quiero para mí! No pelearemos por ella, ¿verdad? —dice Alessandro.

—Ya no estamos en la universidad y como ves, soy un hombre diferente. Esa mujer es mía —dice Bernard a Can.

—No pretendo quitártela, Bernard. Supera lo de Anna, Paula, Diana… yo ya las olvidé.

—Hijo…

—Vamos a dormir, muchachos. Pueden continuar peleando mañana —comenta el italiano y se marcha.

Can y Bernard también lo hacen.

Capítulo 8

Can se levantó bien temprano. Fue a su barco, preparó las cosas necesarias, se vistió medianamente abrigado y salió con su cámara. Ya tenía la puesta del sol, le faltaba la salida y la esperó sobre la cima de una colina. De día el lugar es mágico con sus vivos colores verdes y marrones. El clima es muy fresco, la vista del mar es simplemente hermosa y relajante, las olas rompen eternamente contra los arrecifes. Hay unas casas que se funden con la naturaleza, tienen las paredes y los techos cubiertos de césped, como si estas fueran parte de esta. Le gusta el lugar. Lo estuvo investigando y son demasiados lugares los que debe visitar, explorar y fotografiar; con una semana no tendrá tiempo. Aunque no supone problema, después de terminar la misión podrá volver siempre que quiera.

Desde la cima ve cuando Alessandro y Rakel se encuentran en el punto. La última llega con una furgoneta enorme que parece un tráiler familiar, se decepciona porque con esta no podrán entrar en los lugares más difíciles, sin embargo, para esta ocasión supone que bastará.

Baja de la colina y se reúne con ellos.

—Can. ¿Has visto a Bernard? —pregunta Alessandro.

—Lo busqué en la casa donde durmió y me dijeron que salió muy temprano —informa Rakel.

—Salí a las cinco y media de la casa, aparte de algunos pescadores, no vi a más nadie desde entonces —dice Can.

—No os preocupéis. Si no llega en cinco minutos lo llamaré —dice Alessandro.

Conversan un rato más hasta que lo distinguen en la distancia por su gran tamaño, trotando y bajando por una colina. Lleva traje de corredor, auriculares y un termo en la mano. Acomodan los equipajes en la van mientras esperan por el británico.

—Discúlpenme. Solo iba a dar una vuelta, pero el paisaje es embriagante. Me aleje unos treinta kilómetros, quizás más. Logre unas fotografías insuperables. —Le guiña el ojo a Can y le muestra algunas de ellas a Rakel.

Tiene una fina camisa que deja ver gran parte de su perfecto torso, su cabello se mantiene peinado a pesar de su sudor. Parece un actor.

"Que imbécil", piensa Can; "¡Qué hombre!", suspira Rakel; "Debo hacer más deporte", reflexiona el italiano al notar como la mujer se lo come con los ojos.

—Son unas fotografías increíbles, transmiten, transmiten tanto poder. Provocan, que uno quiera…

—¿Estás bien, Rakel? Parece que te va a dar algo — pregunta Can al verla exaltada.

—Nos íbamos a ir sin ti, Bernard, hijo del duque de Beaufort. ¿Es así Can?

—Eres de los míos, Alessandro.

—Ya quisiera Can, el hijo de Aziz poder lucir este portento. Me ducho y en diez estoy listo.

Rakel le dice que se tome el tiempo que necesite. Alessandro aprovecha el tiempo y libera su *drone* para conseguir buenas tomas aéreas del lugar. Can se une y mira maravillado.

—La tecnología es algo verdaderamente impresionante. Es como tener ojos en el cielo.

—Alessandro, ¿y a qué te dedicas cuando no estás en esto?

—Tengo unos viñedos en Italia con mi padre, negocios de importación y exportación, son los que pagan todo. Solo doy una vuelta cada tanto. Mi querida hermana es quien se encarga de mantenerme todo en orden —dice sonriendo, con humildad.

—Eres todo un magnate, ¿cuántos años tienes?

—Tengo treinta y cinco.

Justo en ese momento regresa Bernard, todos montan en la furgoneta camino a su próximo destino.

***

Rakel tomó la carretera principal, la número uno, para hacer la ruta del anillo e intentó rodear la mayor parte de la isla en el poco tiempo que tenían. Pasaron por las cascadas, las playas, los glaciares, las aguas termales y los paisajes más espectaculares y populares.

Enormes montañas se alzaban a los lados, parecían infinitos los extensos verdes prados que se encontraban a ambos lados del camino. La sensación de estar en algo tan magnífico nunca paró y siempre sorprendió. Querían más y más. Les era fácil soñar e imaginar cualquier cosa en aquel mágico lugar.

Rakel les comentó sobre un dicho que tienen en Islandia: si no les gusta el clima, esperen cinco minutos. Ellos lo entendieron el primer día. Este comenzó soleado, de la nada se nubló y llovió a ventarrones más de media hora. El sol volvió a emerger, pero no pasó más de dos horas cuando la nieve caía del cielo. Esa tarde terminó con un clima cálido. Los vientos en ocasiones llegaban a los ochenta kilómetros por hora, en otras casi no se sentía. El país nórdico no dejaba de dar sorpresas.

Pasaron por el círculo dorado, la zona turística más popular del país por su cercanía con la capital. Hay grandes atracciones naturales allí. Fotografiaron y grabaron las preciosas cascadas. Una espectacular cascada de agua que se creó por la ruptura de dos placas tectónicas.

Alessandro grabó muchos videos en vivo en los que se comunicó con sus fans, quienes también mostraron interés por saber de Can y Bernard. Estos también publicaron en sus redes sociales e iban avisando sobre un proyecto en el que trabajaban en conjunto, pero sin entrar en detalles.

Vieron el geiser Strukkur, la abertura volcánica que en promedio, cada seis minutos libera vapor, gases y agua caliente hasta los casi veinte metros de altura. Recorrieron senderos en medio de separaciones tectónicas. Llegaron a un cráter volcánico, Kerio. Enorme, con una laguna en el medio.

Uno de los días más inolvidables fue cuando subieron a la cima de los acantilados Dyrholaey. Allí tuvieron una vista espectacular de la playa negra y el mar. Bajaron hasta la arena oscura de la orilla. A petición de Can, Rakel les contó la historia de tres monolitos de piedra ubicados dentro del mar, juntos desde tiempos desconocidos. Según los islandeses, son tres trolls que cuando intentaban sacar un barco del mar fueron sorprendidos por la luz del sol y se convirtieron en piedra.

Se bañaron en la cascada Seljalandfoss, una de las más famosas de Islandia porque se puede pasar hacia atrás de la caída del agua. Otros turistas también se fotografiaron con ellos. Les gustó tanto que pasaron una noche allí, una de las mejores. Durmieron escuchando el sonido del agua caer y para relajar la vista tuvieron los mágicos colores verdosos de las auroras boreales en el cielo.

Can no podía creer que pudiera haber tanta diversidad de paisajes y naturaleza en una misma isla. Era fascinante.

Conocieron más lugares y quedaron con ganas de más, pero debían ir a la capital.

Cuando llegaron a la civilización las cosas fueron menos asombrosas, pero si mucho más cómodas. Alquilaron habitaciones en un buen hotel y comieron como reyes.

Esa misma noche se reunieron en el bar del hotel con Paul Watson, quien les informó que todo estaba listo para el día siguiente. Partirían en una de las embarcaciones de Sea Shepherd hacia las costas de Groenlandia donde otras dos naves los esperarían para ir detrás de un barco japonés que estaba a punto de empezar su caza de ballenas. Explicó que el plan es solo fotografiar y grabar videos con ellos como los presentadores, que no pretendan interferir en el trabajo criminal de los nipones, ya que podrían correr un riesgo innecesario.

—Disfruten de la última noche en tierra firme para al menos, un par de semanas. Mañana a las siete en el puerto —dice Paul. Se toma su cerveza, deja un billete en la mesa y se retira.

—Se termina la cerveza, pone unas coronas y se marcha. ¿Siempre hace lo mismo no? —pregunta Alessandro.

—Hijo de Aziz, no tienes que ir si te da miedo de navegar. Yo puedo encargarme de todo. Los ingleses estamos acostumbrados a la vida en el mar.

—Vine desde Estambul en mi barco, esto es solo otro paseíto en "barca".

—¿¡Viniste solo desde tan lejos y por mar abierto!? —pregunta Rakel.

—Así es. Me gusta viajar solo.

—Sí que estás loco, Can, pero me agrada mucho tu estilo. Nos vemos mañana, marineros. Rakel, vamos arriba. Quiero seguir dándote más clases de italiano para que subas al nivel dos de mi curso personal —dice guiñando el ojo.

Ella lo toma de la mano y se pierden entre las paredes del lugar. Bernard y Can quedan solos en la mesa. Dudan en irse, pero no tienen nada mejor que hacer y durmieron bastante, por lo que tampoco tienen sueño. Tratan de observar el lugar sin mirarse entre ellos.

Can lo mira un momento para recordar al hombre que tiene al frente con el que convivio en el pasado. Recuerda algunos de los momentos en la universidad. Al principio de la carrera de periodismo fueron amigos, pero poco a poco fueron distanciándose. El carácter de ambos tan competitivo fue el motivo que desencadeno una relación tirante entre ambos por el cual Bernard lo llegó a odiar, no se conformaba con tener los mejores contactos, a las chicas más guapas, sino que también quería ser el mejor alumno, pero Can siempre lo superaba.

—Bernard.

El enorme rubio solo mueve sus ojos para mirarlo.

—Bernard, si en el pasado hice…

—No, no es necesario. El pasado no importa ya. No hay nada que decir al respecto. Prepara tu cámara porque cuando te gane no quiero que tengas excusas —dice y se marcha.

"Lo intenté", piensa. Se bebe su cerveza y pide otra.

***

A las siete de la mañana ya estaban dentro del Ocean Warrior, la embarcación que los llevaría a Groenlandia. Hasta ese punto Rakel los acompañó, se quedaba en la isla. Alessandro se despidió de Rakel muy emotivamente, los italianos se toman el amor muy en serio sin importar lo pasajero que pudiera ser.

Antes de zarpar para emprender el viaje, el teléfono de Can suena.

—Diga.

—Guapo, ¿no reconoces mi voz?

—¿Polen?

—La misma. No me llamaste, recuerdo lo que me contaste de tu viaje para ayudar a las ballenas. Supuse que estarías muy ocupado, por eso no…

—Discúlpame, preciosa. He tenido unos días muy ocupados y ahora estoy a punto de zarpar hacia Groenlandia.

—Entonces te dejo, pero prométeme que me llamarás.

—Promesa de caballero.

—Confío en ti. Cuídate.

—Tú también, Polen.

Al colgar llamó a su padre y le contó cómo iban las cosas, lo que venía. También aprovechó para revisar sus emails, verificar que no tenía respuesta de Jenna y mandarle un último correo. Cuando va a apagar su móvil, este suena. Ilusionado enciende la pantalla, no era lo que esperaba, pero le saca una sonrisa.

"Buen viaje, marinero. Besos, Polen".

Antes de zarpar se reúne toda la tripulación y dan una oración.

Capítulo 9

El Ocean Warrior es para una tripulación de catorce personas, por lo que no es muy espacioso, pero les asignaron camarotes individuales. Llevan varios días de viaje y el mar se mantiene medianamente agitado. Alessandro no estaba acostumbrado a navegar y se ha visto algo afectado desde el principio. Por otro lado, Can está en su salsa. Compartiendo cafés, tés con la tripulación y uno que otro trago para amenizar el aburrimiento. Bernard no muestra tener mayores problemas, solo contra el aburrimiento que se ha vuelto su principal fatiga y algunas molestias con el camarote, en especial con la diminuta cama que le tocó, sus pies sobresalen del colchón.

Ahora se mantienen navegando cerca de las costas de Groenlandia, buscando rodearla para llegar al otro lado, donde se concentra un paso migratorio de ballenas el cual aprovechan los cazadores.

Es de noche. El cielo está despejado, luce impresionante con las miles de estrellas y la enorme luna que ilumina los mares. Can estira las piernas caminando por la cubierta. Observa al capitán Paul Watson fumando un cigarrillo hacia un extremo. Se acerca y se coloca a un lado.

—¿Cómo empezó todo esto?

El hombre se mantiene mirando al horizonte mientras libera el humo de sus pulmones.

—¿La versión larga o la corta? Son más de cincuenta años —finaliza sonriendo.

—Me quedo con la corta.

Paul le ofrece un trago de su cantimplora metálica.

—Todo empezó cuando tenía seis años. Una trampa mató a un pequeño castor del que me había hecho muy amigo. Adoraba a ese animal, él confiaba en mí y no pude hacer nada por salvarlo. Murió en mis manos, me sentí terrible y lloré durante días. Desde ese momento comenzó mi lucha, tonta e inocente en ese entonces. Me dediqué a romper todas las trampas de caza en los al rededores de mi pueblo, a molestar a los cazadores que intentaban dispararle a cualquier animal. Me volví un verdadero grano en sus culos. Después con algo más de edad me fui uniendo a los movimientos para la defensa de los animales. Llevaba carteles en las manos y camisetas pintadas con *slogans*. Yo era una persona muy pacífica, un muchacho ingenuo en un juego de adultos.

—La verdad me cuesta visualizarlo.

El hombre habla con melancolía y alegría al mismo tiempo.

—Un día intenté detener a unos cazadores que pretendían matar a una ballena, me interpuse en medio y arriesgué mi vida, pero me tiraron a un lado y la asesinaron a sangre fría. En ese momento entendí que esas masacres no se detendrían con carteles, palabras o pensamientos. Era necesario usar la fuerza. Años después fui uno de los cofundadores de Greenpeace. Me terminaron echando porque decían que mis prácticas eran demasiado violentas. —Carcajea—. Fue duro en su momento, sin embargo, fue lo mejor que me pudo pasar.

Ese mismo año funde Sea Shepherd y décadas después, estamos aquí, colaborando con la organización que ayudé a fundar y me echó.

—Ha sido todo un viaje el que has vivido. He leído un poco sobre tu trabajo. Te llaman el pirata ecológico, el terrorista de los mares.

—Brindo por eso. —Toma un trago y se lo pasa a Can—. He tenido problemas con las leyes por mis prácticas, pero hasta ahora he logrado ganar y evadir. Lo realmente importante son todas las vidas marinas que salvamos cada año. Podría morir mañana y moriría en paz.

—Vaya, espero poder sentirme así cuando también llegue mi hora.

Alessandro se acerca a ellos para vomitar por la borda. Paul y algunos de sus hombres que ven la escena se ríen.

—Muchacho, te vas a deshidratar. ¿Estás bien? — pregunta Paul.

—*Molto Bene, molto bene* —responde, con la mano pide que se mantengan alejados mientras continúa vomitando.

Después de recomponerse les comenta que espera a Bernard para grabar un video donde invitarán a su audiencia a que mañana estén pendientes para un directo que emitirán al día siguiente. El británico sube a los minutos con su mala cara, está realmente aburrido. Pide hacer las tomas rápido para volver a su amargura.

Alessandro graba el lugar, a parte de la tripulación y a ellos tres. Can saluda con simpatía a la cámara, Bernard la finge.

—¡Queridos seguidores y seguidoras! *¡Miei Amori!* ¡Llevamos varios días en mar abierto, pero mañana promete ser un día importante! ¡Por favor manteneos pendientes porque grabaré en vivo!

Alessandro continúa hablándole a la cámara. Bernard pide un trago de la botella de Paul y se bebe dos grandes, acabando con ella.

—Ya se la recargo de inmediato. ¿Llegaremos mañana verdad? —pregunta ansioso.

—Así es, Bernard. Pero continuaremos en barco. Perseguiremos a una embarcación nipona y eso nos demorará algunos días más. Así que te recomendaría que, si no eres capaz de soportarlo, te quedes en algún puerto y partas a casa. No habrá resentimientos y estaré agradecido por tu esfuerzo.

—Yo me encargaré de las fotos, Bernard. No te preocupes y vuelve a casa —agrega Can de forma burlona.

—Solo estoy aburrido. Este barco es muy pequeño para hombres como yo. Soy capaz de aguantar lo que sea. Soy el hijo…

—¡Del duque de Beaufort! —suelta un hombre de la tripulación y todos comienzan a reírse sin control.

Can aprovecha el momento para reunir a todos y sacar una foto grupal para el recuerdo.

***

Cerca del puerto de Nuuk en la Capital de Groenlandia, se reagrupan con una embarcación más grande, el Steve Irwin y se cambian a ella. En esta cuentan con un pequeño helicóptero de reconocimiento y lanchas de apoyo. Ahora los dos barcos de Sea Shepherd van al encuentro con la tercera nave que sigue de lejos a los japoneses que cuentan con un barco escolta.

Tras catorce horas de navegación coordinada logran colocarse a buena distancia, rodeando la trayectoria de la embarcación japonesa Shogun Maru, esperando que comience su actividad.

El mar está agitado y pronostican que el clima empeore, lo que es malo para ellos y perfecto para los nipones que cuentan con una nave al menos diez veces más grande.

Todos están listos en la cabina de mando, simplemente esperan para actuar. Can y Bernard tiene sus cámaras preparadas; Alessandro se mantiene grabando para su audiencia.

El helicóptero de reconocimiento avisa que el Shogun Maru inicia la actividad en cubierta, han avistado una ballena y van a la caza.

—Tenemos confirmación visual de la ballena a unos dos kilómetros del Shogun. Deben proceder de inmediato. Nos queda poco combustible. Volvemos al barco. Halcón uno fuera —se escucha por la radio.

—Sé que no es a lo que acostumbramos y no será fácil, pero esta vez solo seremos observadores. Estén preparados porque tendremos que acercarnos bastante y ellos pensaran que vamos a sabotearlos, es posible que intenten defenderse de una manera hostil. Can, Bernard, hagan su mejor trabajo y tengan mucho cuidado. En lo que avistemos el Shogun Maru activaremos los datos de red y podrás transmitir en vivo Alessandro —dice el capitán.

Can nota como el ambiente cambia. Los amigables marineros de Sea Shepherd ahora lucen serios, con la mirada fría. Ninguno bromea y todos saben exactamente qué hacer. Bernard se coloca un traje de neopreno térmico y se mantiene pendiente.

—¿Te piensas dar un chapuzón, hijo del duque?

—¿No trajiste uno hijo de Aziz? Estos barcos a veces colisionan cuando atacan o son atacados, si nos hundimos prefiero tener este traje para no morir a los minutos congelado.

Can se queda analizando sus palabras y duda en ir por su traje dentro de su camarote cuando gritan:

—¡Shogun Maru a la vista!

Alessandro graba emocionado. Can y Bernard toman algunas fotos, se empujan para obtener el mejor lugar desde donde hacerlo.

—¡Cómo les he prometido! ¡Estamos en vivo desde el océano ártico! ¡Junto a mis muchachos y al fabuloso equipo de Sea Shepherd, mostraremos una vez más las atrocidades que ocurren en esta zona sin ley del planeta! —Hace tomas del Steve Irwin y la tripulación—. Allí en el fondo vemos al Shogun Maru, uno de los barcos que se ha cobrado más vidas de ballenas en la actualidad.

Alessandro continúa narrando mientras Can nota al barco escolta que también se aproxima. Paul habla por radio para que las demás embarcaciones estén preparadas.

—¿Crees que todo saldrá bien? —pregunta algo preocupado Bernard al ver a los enormes barcos aproximarse.

—Supongo que mientras no entremos en conflicto, todo marchará sin problemas —responde Can.

—He oído que esos japoneses están locos y no le temen a nada. Y sabemos que Watson es un viejo temerario.

—Sé que nosotros podremos controlarnos, solo podemos esperar que Paul y sus muchachos también —dice Can.

Cuando se acercan a unos doscientos metros empiezan a entender la magnitud de la catástrofe que podría ocurrir en el medio del océano. El Shogun Maru es inmenso, un barco de puro acero que parece indestructible. Desde este comienzan a hablar en japonés por megáfonos, lo hacen de forma amenazante. Can siente como su corazón se acelera. Bernard fotografía sin parar. Alessando no deja de hablarle a su público de espectadores.

Al mismo tiempo divisan a tres ballenas nadando juntas. Toda la tripulación se limita a observar hasta que suena el primer disparo de un arpón que da en una de las criaturas. Esta se mueve violentamente y lucha por liberarse mientras hace terribles sonidos de dolor que pronto son sosegados por varios arponazos más. El animal deja de pelear y el agua a su alrededor enrojece.

Paul aprieta los puños, su tripulación mira con impotencia aquella escena. El capitán pide que se acerquen más. A Can le tiemblan las manos junto a su cámara, no puede usarla. La rabia y el dolor de ver como masacran a animales tan imponentes y hermosos es demasiada. Bernard lo controla mejor y captura todo el momento. Alessandro quedó paralizado y dejó de hablar, solo grababa horrorizado.

Mas arpones terminan con la vida de otra ballena. Aún queda una con vida que lucha por liberarse de las redes que lo cercan, pero no puede.

—¿¡No haremos nada!? ¡Tenemos que salvarla! —grita Can.

—Ya no les quedan arpones ni motores disponibles para subir a más de esas dos. Tardarán veinte minutos en desocupar alguno para neutralizar y subir a la tercera —dice uno de los tripulantes.

—¡Se acerca el barco escolta! —gritan.

—¡No estamos atacando! No deberían intentar nada —dice Paul con algo de preocupación.

La ballena luce cansada, ya casi no lucha. Can mira para los lados, nadie se mueve, solo observan. El italiano está callado completamente y Bernard continúa con su trabajo.

Corre a su habitación sin tener clara una idea de lo que está haciendo o lo que va a hacer. Se coloca su traje térmico y vuelve a la cubierta. Los tripulantes y sus compañeros se lo quedan mirando con intriga, suponiendo la estúpida idea que ronda su cabeza.

—Acérquense más.

—Es un suicidio —dice Paul.

Alessandro los comienza a grabar. Bernard deja de tomar fotografías y se acerca alterado.

—¿Qué estupidez piensas hacer? Dijimos que no íbamos a interferir. ¿No ves el segundo barco que viene? Si nos embisten estamos acabados.

—Can, si no te mata un arpón lo puede hacer la misma ballena —advierte Alessandro.

—¡Acérquenme!

—¡Déjenlo! Es su decisión —dice Paul—. Acérquense a veinte metros y prepárense para el combate. Vamos a darle apoyo.

—Maldito loco —dice Bernard mientras también se prepara para zambullirse—. No serás el único héroe.

—O el único muerto —suelta uno de los tripulantes.

Alessandro reacciona y vuelve a hablarle a su audiencia para narrar lo que ocurre. Cuando están a treinta metros comienzan a caer bombas lacrimógenas en la cubierta.

—¡Suelten todo! ¡Ataquen! —ordena Paul por radio a todos los miembros de las tres embarcaciones Shepherd.

Bernard ve que Can está a punto lanzarse por la borda y entiende que es real, que lo van a hacer. Aunque todavía no tiene claro qué es lo que harán dentro del agua, lo imagina y le parece ridículo. El helicóptero del barco despega para también contribuir con el ataque, les lanzan lacrimógenas al Shogun Meru.

—¿Can? ¡Can! —grita para que lo escuche—. ¿Qué haremos?

—Bernard, no vengas conmigo —dice serio y se lanza.

El británico se queda paralizado y gira para mirar a Alessandro, este asustado mueve la cabeza hacia los lados. Bernard respira profundo y se lanza.

—¡*Mio Dio*! Espero que lo logren. —dice Alessandro a la cámara.

Los que una vez fueron rivales en la universidad, ahora nadaban juntos en las gélidas y turbias aguas del ártico para intentar un descabellado rescate. Por cada tres metros que avanzaban, eran devueltos al menos uno. Era extenuante. Can tiene claro el objetivo, pero no deja de dudar cuando piensa en su familia, en sus amigos y en Jenna. Si algo le pasa no los volverá a ver. Bernard se arrepiente a cada segundo por haber terminado metido en esa situación, en la que ya solo podría salir de dos maneras, vivo y triunfador o muerto.

El Shogun Maru busca dar caza a la última ballena. El imponente animal estaba allí atrapado, con un arpón en su lomo, flotando cerca del barco nipón.

Este observa con su enorme y triste ojo a Can, sus miradas se cruzan, en ese momento puede sentir su dolor, su confusión, su angustia, su tristeza y su resignación. Ya no lucha por salvarse.

Can nada hacia la ballena. Bernard se lo piensa unos segundos, acercarse a un animal alterado que te podría matar de un simple aletazo es una idea poco atractiva y nada razonable. Finalmente lo sigue, repitiéndose una y otra vez, "voy a morir".

—No lo pongas difícil. Déjanos ayudarte —le grita Can mientras busca la manera de subirse.

Como si el animal lo entendiera, hunde su lomo en el agua y ellos logran subir. Dudan por dentro, pero no dejan que eso afecte en sus movimientos y se arrastran por encima del animal mientras el mar los bambolea.

Aunque con dificultad por el humo de los lacrimógenas y algunos potentes chorros de agua provenientes del barco nipón, Alessandro graba todo y lo transmite en vivo. Todo es un completo desastre.

—¡Mierda! —suelta Alessandro cuando el enorme barco está a punto de impactarlos.

Paul logra maniobrar para minimizar el golpe pero el Steve Irwin se sacude violentamente. El italiano reza en tres idiomas distintos.

Can logra llegar hasta el arpón e instintivamente intenta sacárselo. Utiliza todas sus fuerzas, grita, empuja, pero no lo mueve ni un milímetro. Cuando gira, se da cuenta de que el Irwin está a punto de hundirse, ve a un tripulante caer de la borda. No sabe qué hacer, está en medio del océano ártico, encima del animal más grande del planeta, al lado de un barco enemigo mientras la nave que lo llevaría a casa está a punto de ser hundido.

Cuando está por sentirse perdido, una palmada en el hombro lo hace reaccionar. Bernard toma el arpón para intentarlo, Can rápidamente se suma y entre los dos utilizando todas las fuerzas, logran extraer mínimamente el metal del animal. Ambos se miran y asienten.

Esta vez mientras lo hacen, Can le da golpes con la planta del pie a la ballena y le grita.

—¡Joder ballena, háznoslo más fácil!

A causa de los golpes, el animal reacciona y se suma en un último intento. Los tres luchan con todo lo que tienen hasta que finalmente el arpón se parte y la ballena se hunde en el agua.

Bernard se desmaya por el sobre esfuerzo. Can logra agarrarlo antes de que se hunda y por suerte la lancha del Ocean Warrior que iba rodeando al Shogun Maru los divisa y rescata del agua.

Una vez, se van dando cuenta de que el animal fue liberado, todos comienzan a retirarse en dirección a las costas de Groenlandia.

***

Durante todo el regreso fue una gran celebración, pese a la pérdida de dos grandiosas ballenas. Nadie murió, solo hubo algunos heridos. La impresionante hazaña de Can y Bernard, sumado a la peligrosa batalla entre las embarcaciones de la popular organización Sea Shepherd contra el Shogun Maru, logró que la transmisión en vivo alcanzara un éxito descomunal.

Ahora es una tendencia mundial que sale en los principales canales de noticias. Los guapos fotógrafos aventureros, ya con galardones internacionales, Can Divit y Bernard Coleman, salvan una ballena azul en el mar ártico exponiendo sus vidas a una muerte casi segura. Alessandro aumentó en gran medida su popularidad.

Antes de irse a dormir, Can entra en el camarote de Bernard.

—Gracias por acompañarme en la locura más grande y tonta que he hecho.

—Solo quería…

—Lo sé, pero igual gracias, Bernard. Sin ti no hubiera podido.

—Y sin ti no hubiera pasado. Eres un imbécil, pero también un buen tipo, hijo de Aziz.

Alessandro también entra al pequeño camarote.

—Muchachos Luego se terminan de besar. Al parecer hay más trabajo. Espías de Paul informaron que un barco de Hvalur cazó una ballena azul y la llevan a su fábrica en Islandia. Tenemos que grabarlo todo.

Países Bajos

Capítulo 10

Can, Bernard y Alessandro, después de tomar las evidencias de la captura y procesamiento ilegal de la ballena azul por parte de la empresa islandesa Hvalur, terminaron su misión y viajaron en el barco de Can hasta Londres por pedido del británico, para abastecerse de provisiones. Allí pasaron algunos días como huéspedes del antiguo castillo propiedad del duque de Beaufort. Can aprovechó para visitar a la hermosa Polen, con la compartió casi todos los días que estuvo allí. Comenzaba a gustarle la científica, una mujer sencilla y sin misterios, que no le huía, al contrario, lo buscaba y demostraba interés. Una chispa nacía entre ellos.

Volvieron a zarpar a hacia la sede de ONG en los Países Bajos. Los tres aventureros se volvieron más cercanos y dejaron a un lado las rivalidades.

Ámsterdam, Holanda
5:00 p.m.

El trío está reunido con Tomás Smith, el hombre de Greenpeace. Celebran el éxito del primer trabajo, bebiendo cervezas en uno de los numerosos bares cerca de la Plaza Dam, la más importante de Ámsterdam. Donde se encuentran el Monumento nacional, una construcción de veintidós metros de altura en honor a los soldados caídos durante la segunda guerra mundial, y el magnífico Palacio Real.

Como toda ciudad, tiene gran movimiento a las cinco de la tarde, personas van y vienen. El clima es fresco, el aire se respira limpio. Se sienten los ánimos de un viernes por la tarde cuando terminan las largas jornadas laborales de oficina en la semana.

—Lo que hicieron fue algo impresionante, una historia digna de contar para las generaciones futuras. No solo provocaron un alzamiento en el repudio internacional contra la caza de ballenas, también demostraron como tres hombres de países distintos pueden unirse y lograr un cambio. Greenpeace y el mundo les deben mucho por su trabajo, espero que la vida los llene de recompensas —dice Smith.

Los tres agradecen aquellas palabras. Bernard solicita otra ronda de cervezas.

—¿Crees que pasará algo con esa empresa, Hvalur? —pregunta Can.

—Iniciamos acciones legales junto a un grupo de abogados conservacionistas, no lograremos mucho, pero cada acción suma en esta lucha.

El italiano termina su vaso e interviene.

—¿Qué será lo siguiente? Es decir, ¿hay otra misión pronto? Todos tenemos agendas complicadas que poner al día.

—Hay muchas misiones tentativas que ustedes podrían realizar: en la República Democrática del Congo están desapareciendo los gorilas de montaña por el comercio ilegal de carbón y la matanza de estos por su carne "exótica"; en Sudáfrica la fiebre del oro blanco y los cazadores furtivos están extinguiendo a los rinocerontes y a los elefantes. Es cuestión de sincronizar los tiempos, no están obligados a nada.

—De acuerdo, Tomás. Nosotros haremos lo que este en nuestra mano para que se haga. Mientras nos tomaremos unas semanas libres y unos días aquí —dice Bernard

—Por supuesto. Ya que nuestra organización no hace pagos personales, acepten quedarse en el hotel Doria. Tenemos habitaciones gratis todo el año. Debo marcharme y volver al trabajo. Estamos en contacto. Nuevamente, gracias por todo. —Se levanta, pero antes de irse agrega—: Muchachos, estamos en la ciudad del pecado europeo. Sé que querrán salir a divertirse y explorar toda clase de cosas que esta ciudad puede ofrecerles a tres hombres solteros. No tengo problemas con ello. Solo les ruego que no llamen la atención y disimulen su apariencia, en estos momentos son fáciles de reconocer y son los rostros de este proyecto.

Can nota que Alessandro y Bernard se miran con complicidad.

—No te preocupes, Tomás. Yo me encargaré de controlar a estos dos. Confía en mí.

Smith asiente. Les entrega unas tarjetas con las cuales podrán solicitar las habitaciones gratis y se retira. Los tres se quedan en silencio, mirando a las personas que pasan por los alrededores.

—¿¡Todavía no entiendo cómo y por qué Rakel lo eligió a él, a él!? —suelta de la nada Bernard.

Can libera una gran carcajada mientras toma carta del menú para pedir algo de cenar.

—Es una muchacha de buen gusto y muy inteligente, sabe escoger a un hombre. Los italianos sabemos amar a una mujer y ellas nos prefieren por eso.

—¿Y qué pasó con ese amor? ¿La volverás a ver? —cuestiona Can.

—¿Volveremos a tomar otro trago aquí? —pregunta Alessandro—. Quizás sí, quizás no, ¿quién sabe?

—Entiendo...

Ordenan pizza y mucha carne a la parrilla cuando se acerca una sexy empleada. Bernard le giña el ojo y ella le sonríe muy amistosamente.

—¿Y tú? ¿Seguirás sufriendo por Jenna? —contraataca el italiano

—Creo que ese barco ya zarpó para mí.

Bernard asiente, carcajean y conversan hasta que la guapa mesera regresa, les recarga los vasos y sirve los platos de comida. Bernard vuelve a coquetear y ella le sigue el juego. Después se marcha a atender otras mesas.

—Siempre quise venir a este país. Me han dicho que la vida nocturna es alucinante. Estaremos varios días, hijo de Aziz, señor de los viñedos. ¿Qué haremos? —les pregunta muy animado.

—Ya he estado aquí varias veces y lo puedo confirmar. Conozco un par de clubes que hasta hace dos años tenían la mejor música y bebida de toda la ciudad.

—¿Te animas, hijo de Aziz?

—Ya me conocen, saben que no es mi estilo, prefiero la tranquilidad. Sin embargo, los puedo acompañar a echar un trago inofensivo —finaliza guiñándoles el ojo.

Comen y charlan en camarería un buen rato, relajados y haciendo tiempo hasta que llega el anochecer.

Can piensa ir al hotel que les ofreció Tomás, pero Alessandro dice tener reservas en un mejor lugar y que corre por su cuenta, uno realmente diferente al humilde hotel de tres estrellas.

Se suben a un taxi, en el camino, el británico y el turco se sorprenden por las exóticas calles del Barrio Rojo de Ámsterdam. El vecindario sórdido donde visitantes de todas partes del mundo consiguen satisfacer su morbo sin importar el tipo. Un submundo en el que un bufé de nuestros prejuicios es servido en una gran mesa por una sociedad que ha dado un paso adelante para lucrarse de lo que otros condenan.

Muchos locales nocturnos adornados con luces de neón y enormes vitrinas hacen sus negocios allí, en calles que son transitadas por todo tipo de personas —mujeres, niños, adultos y personas de la tercera edad—. Detrás de algunos de estos cristales, preciosas y exóticas mujeres en ropa interior saludan y sonríen coquetamente mientras hacen señas con el dedo índice, invitando a pasar.

Can ve que un tipo que se acerca a una de ellas, le abren una puerta, cruzan un par de palabras y luego se cierra una cortina. "Vaya lugar", piensa.

Bernard también se sorprende de ver letreros que sin dejar nada a la imaginación, anunciando diferentes tipos de shows para hombres y mujeres.

—Un museo erótico, shows de sexo en vivo de cuarenta y cinco minutos por treinta euros, otro de dos minutos por dos euros. Todo esto frente a una iglesia —comenta Can impresionado.

—Bienvenido al Barrio Rojo de Ámsterdam —dice el italiano—. Elegí este hotel porque está en el medio de la acción. Llegamos.

Hasta Bernard se sorprende por la increíble entrada y la lujosa decoración del Sofitel Legend The Grand Amsterdam. Un complejo de cinco estrellas que puede satisfacer la exigencia y excentricidad del multimillonario más quisquilloso.

—¿Cuánto cuesta una noche aquí? —pregunta Can.

—No te preocupes por eso, hijo de Aziz. No hables de dinero que nos pones en evidencia.

—No se preocupen, muchachos. Soy socio de este hotel, pidan lo que quieran, todo corre por mi cuenta —dice guiñando el ojo.

Can se dispone a entrar a su habitación, es impresionante, grande, sofisticada, elegante y con una cama digna de un rey. Tiene un balcón con una vista maravillosa de la ciudad que de noche luce viva con miles de luces, y del canal de un río que pasa por al frente, por donde constantemente están pasando pequeñas barcas.

Saca su cámara y toma algunas buenas fotos de la ciudad del pecado.

9:30 p.m.

Deambulan por la telaraña de callejones empedrados. Muchas de las prostitutas los saludan desde sus jaulas de vidrio. No se detienen a pesar de encontrar locales con buena apariencia, lo que frustra a Can.

—Paremos en cualquiera. Deben ser todos iguales— solicita.

—Les prometo que valdrá la pena —afirma Alessandro luego de beber un poco.

Al cabo de un rato llegan a un club con muchas luces de neón, una gran entrada y muchas mujeres en exhibición. Una fila de hombres espera para entrar. Se aprecian de diferentes nacionalidades por los acentos, pieles y facciones faciales. "La prostitución, el oficio más antiguo del mundo y probablemente el último en desaparecer", piensa con algo de tristeza Can, al ver los rostros de aquellas mujeres, quienes se esfuerzan en fingir sonrisas y simpatía hacia hombres que las miran como objetos sexuales, a los que no les importan sus sentimientos o emociones.

Alessandro iba a soltar unos billetes al portero para entrar sin esperar, pero Bernard lo detiene para él hacer el pago.

—No te puedo dejar pagar todo.

—En Inglaterra nos diste casa y comida. Es mi turno.

Mientras discuten, Can paga por detrás y les hace señas para pasar. La música dentro es está alta y les dan la bienvenida desde que les abren la puerta, sienten las vibraciones de los altavoces en la piel. En el pasillo apenas caben, hay más mujeres detrás de los cristales. Algunas en parejas tienen sexo lésbico mientras miran a todos los que pasan. Los tres se sientan en el centro del local, donde tienen buena vista hacia la tarima de los espectáculos.

Rápidamente son abordados por un trío de mujeres. Se sientan en sus piernas. Alessandro y Bernard lo disfrutan; Can les suplica que lo dejen, le incómoda.

—¿Por qué, papi? Podríamos pasarlo bien —le dice una de ellas a Can.

—Yo quiero hacerlo con los tres al mismo tiempo —suelta otra.

—Yo no tengo muchos ánimos esta noche, gracias.

—Yo te los levanto —asegura una mientras intenta agarrarle el miembro.

—Tampoco tengo dinero, trabajo para ellos —dice mientras le sujeta la mano, a ella le cambia la cara—.

Finalmente lo dejan tranquilo, las tres mujeres se encaminan junto a Bernard y Alessandro a las habitaciones. Can suspira de alivio. Saca su móvil y escribe a Polen mientras bebe un trago.

Habla con la científica durante más de una hora hasta que salen sus amigos sonrientes y ligeros. A pesar de que pide que no lo hagan, estos le cuentan las locuras que hicieron en la cama, con lujo de detalles e intentan mostrarle algunos videos.

—Deberías subirlos en tu canal de Youtube para que tus fieles seguidoras sepan quién es el verdadero…

—Deja de comportarte como un viejo, Can. Y di que me quieres —pide el italiano mientras intenta darle un beso en la mejilla.

Salen de ahí y entran a otros locales. Cuando se aburren, Alessandro propone ir a una discoteca. Bernard, entonado con los tragos muestra interés en el plan. Can quiere descansar, pero alguien debe cuidar de que no cometan alguna estupidez.

—Anímate, Can.

Le preocupa los ambientes de discoteca, generalmente suelen haber peleas y ellos ya tienen una buena cantidad de tragos encima.

—De acuerdo. Iremos solo un par de horas. A las tres volvemos al hotel. Pero sin buscar problemas ¿Estamos?

—Lo que tu digas, hijo de Aziz. Ya me empiezas a caer mejor —dice Bernard mientras intenta darle un abrazo.

—Can, Can. Te juro que no habrá problemas. Te lo juro por *la mía mamma*.

Toman un taxi para llegar a la zona fiestera de Rembrandt plein. Hay otra gran cola de personas para entrar a de una de las mejores discotecas. Can pide ir a otra, pero Alessandro se enfila hacia el guardia de seguridad con varios billetes en la mano para repetir el mismo procedimiento. Los cuenta en voz alta.

—Hagan la fila, imbéciles —suelta un hombre que espera cerca de la punta.

—¡Acércate y dínoslo en la cara! —grita Bernard.

—Bernard, ¿en qué quedamos? Sin buscar problemas —regaña Can.

Alessandro continúa contando sin prestar atención. Los porteros también ignoran las disputas verbales, están acostumbrados. El sujeto que gritó se acerca con dos hombres para seguir buscando problemas.

—¡Hagan fila! ¡Imbéciles! —dice lo último lentamente.

Can sostiene como puede al británico mientras les pide a los hombres amablemente que se vayan porque su amigo ha bebido demasiado.

—Los que se tienen que ir son ustedes, pero primero nos van a dar ese dinero, a menos que quieran que les demos una paliza.

"¿Hablan en serio? ¿No nos han visto bien?", piensa Can confundido.

—¿Qué pasa cuál es el problema? Ya pagué, entremos —avisa Alessandro.

—Vamos, Bernard. Entremos…

—No van a ningún lado —dice el buscapleitos al mismo tiempo que hunde su dedo varias veces en el pecho de Can.

—Vale, ya. Arreglemos esto como personas civilizadas —pide Can y al mismo tiempo pega un derechazo a uno y luego a otro.

Bernard, ya estando libre se va a la carga contra uno, tomándolo por la cintura y lanzándolo sobre otras personas que esperaban en la fila. Uno de los afectados intenta irse contra Bernard, pero Alessandro lo neutraliza de un botellazo. Después es empujado por alguien más. A Can se le monta una mujer por la espalda que intenta arañarle la cara. Se inicia una pelea campal. Vuelan botellas, carteras, zapatos y golpes.

Can logra deshacerse de la joven de la espalda y agarrar a sus amigos fuera del disturbio.

Exhaustos y magullados se dirigen camino al hotel donde Alessandro les pide por favor que lo acompañaran a casa unos días, para él poder brindarles un poco de hospitalidad italiana.

Italia

Capítulo 11

Días después
Provincia Toscana, Italia

Llegan a una de las propiedades de Alessandro, donde queda el viñedo Santoro. Situada en una zona elevada, al pie de una gigantesca montaña. Es increíblemente extensa, con hectáreas llenas de sembradíos de diferentes frutos para la elaboración de los vinos. Desde ahí tienen vista al mar de Liguria y a gran parte del archipiélago Toscano.

Van en lujosas camionetas de la compañía de Alessandro, Can y Bernard no dejan de sorprenderse al llevar varios minutos adentrándose kilómetro tras kilómetro desde que un empleado les abrió las rejas de la entrada principal. Hay muchos animales caminando libres por el lugar; perros, ovejas, burros y caballos corriendo por colinas; y empleados trabajando las tierras.

—Esto es magnífico, Alessandro. ¿Todo esto es tuyo? —pregunta Can.

—Es mi paraíso en la tierra.

—Debe valer una fortuna, señor de los viñedos.

—Ahora sí, cuando compre las tierras solo eran eso, tierras fértiles. Fue un regalo de padre que he ido trabajando día tras día, año tras año.

—Has realizado un gran trabajo —afirma Bernard.

—*Grazie* —dice guiñando el ojo—. Ya estamos llegando.

Ante ellos se alza una impresionante construcción de hasta tres pisos en algunas partes, de paredes forradas de piedras marrones y tonos claros, con numerosas ventanas que administran el paso de la luz con cortinas blancas. Parece un castillo que mezcla lo antiguo con lo moderno. A su lado hay un garaje donde descansan más de diez vehículos. Y todo está rodeado por un cuidado jardín en el que predominan los pétalos rojos de las preciosas Amapolas.

Sin embargo, nada de aquello es lo que más sorprende a Can. Alessandro se inclina hacia él y le habla al oído.

—Sorpresa, amigo. Me pidió que no te dijera nada.

La hermosa Polen lo mira fijamente, sonriéndole, cerca de la entrada principal y junto a varios empleados que aguardan para ayudar a llevar los equipajes, ofrecer bebidas y cualquier tipo de asistencia.

—¿Y para mí no hay sorpresas así?

—Calma, grandullón. Haremos nuestra propia fiesta privada con un par de amiguitas esta noche.

Can se baja con prisa de la camioneta y se acerca junto a Polen, dándole un gran abrazo y un beso en la boca.

—Pensé que tenías muchos exámenes esta semana.

—Los tengo, pero necesitaba venir a verte y asegurarme de estas bien después de haberte montado en el lomo de una ballena —dice con tono de desaprobación—. Y siempre quise conocer Italia. Además, traje mis libros para estudiar y mi arco para practicar tiro, este lugar es perfecto.

—Me parece estupendo, preciosa. Gracias por esta sorpresa. Este sitio es un paraíso que solo tú podías mejorarlo.

Una joven y bella mujer de piel blanca, cabello negro y largo, y de ojos color ámbar, sale de la casa con un vestido campesino blanco. Bernard se queda mirando con interés hasta que esta va directa a recibir a Alessandro con un gran abrazo y besos en la mejilla.

—Muchachos, les presento a mi pequeña hermana Antonella. Mi mano derecha y la que se encarga de que este lugar se mantenga en pie.

Bernard se emociona de nuevo y le da repetidas palmadas en el hombro al italiano mientras la contempla.

—Vaya, que guardadita la tenías, Alessandro.

113

—Es una mujer fuerte e independiente. Nunca he tenido necesidad de esconderla de sus numerosos pretendientes. Quizás tú deberías tener cuidado, ha tenido varios novios que han llegado llorando, con serenatas y flores. Ella no se ata con nadie, no tienes problemas de estar sola, le encanta ser independiente. Todavía no la he visto enamorada.

Ella se presenta a Can y Bernard muy emocionada, mirándolos como celebridades; son sus héroes.

—Es un placer que los dos hombres más valientes del mundo se queden en nuestra casa —dice Antonella.

—¿Y qué queda para tu hermano? También estuve allí...

—Detrás de una cámara y con un salvavidas en el pecho —dice Bernard y luego la agarra de la mano para darle un par de besos—. El placer es todo mío, mía princesa.

Al terminar las presentaciones y conversaciones de bienvenida, todos pasan y se acomodan en habitaciones particulares para refrescarse.

A Can le gusta la brisa fresca que proviene del mar y entra por la ventana. Se siente tranquilo y en paz en aquel lugar. También le agradó la inesperada aparición de Polen, aunque por instantes recuerda a Jenna, sus ojos, su sonrisa y su misterio.

Después de una hora son llamados para almorzar y una mesa con lugar para veinte personas los espera repleta de platos con recetas italianas y diferentes botellas de vino de la marca Santoro. Can toma asiento junto a Polen. Alessandro lo hace en un extremo y al lado de su hermana, detrás de ellos un ventanal deja apreciar una espectacular vista del mar. Bernard ocupa un puesto al frente de Antonella. Otros familiares también asisten a la reunión y completan la mesa.

Comparten primero los *antipastos* mientras prueban los vinos. Alessandro cuenta con orgullo el origen y procesamiento de cada uno. Después pasan a los platos fuertes: lasaña de carne molida, raviolis, risottos de espárragos y queso de cabra, y por supuesto lo que no puede faltar, pasta en abundancia de diferentes tipos y con diferentes salsas.

—¡Salud por mi querido amigo Alessandro, el Bruce Wayne italiano! —dice Bernard al ponerse de pie y levantar su copa.

Nadie dice nada al principio y aunque ella tampoco entiende, se levanta y eleva su copa para no dejarlo solo.

—Por Bruce Wayne —dice Antonella sonriente y mirando fijamente al británico, quien sonríe como tonto.

—Por Bruce Wayne —replica Can.

—Por Bruce Wayne —suelta Polen entre risas.

Finalmente, todos alzan sus copas, pero antes de beber, Can pide que no se muevan y toma su cámara para capturar el ameno momento.

***

Por la tarde se quedan conociendo la inmensa propiedad de Alessandro. A cada uno se le asigna un caballo para recorrerla con mayor facilidad. Todos saben montar, Can se sorprende de lo experta que es Polen. Pasean por los bonitos prados verdes, suben colinas y juegan con los demás animales que andan libres por las zonas.

—Apuesto a que tienes más propiedades como esta —asegura Bernard

—En Trentino tengo otra junto a los de mi padre. El vino es el negocio familiar. Lo empezó mi tatarabuelo antes de la guerra mundial, en los tiempos que lo único que daba de comer al hombre era el trabajo duro, con la tierra.

—¿Cuántos vinos producen? —pregunta Can.

—Producimos siete variedades aquí, vinos parecidos al Ferrari Spumante y el Moscati Rosa. Pero nuestra joya es el Espinoza Santoro. Se vende en todo el mundo y la demanda

115

ha ido en aumento durante este año. Comentan que podría ganar algunos premios —dice con orgullo.

Alessandro los guía a su lugar favorito, el refugio de animales. Todos enloquecen con la gran cantidad y variedad de criaturas en el lugar; desde vacas, cerdos y pavos reales a pequeños perritos como un pequeño y adorable *pomerania* que roba el corazón de los visitantes. Estos conviven en armonía.

Can agarra al pequeño cachorro y se hace un *selfie* con él, detrás de ellos una vaca también posa para la cámara.

—¿Sabes cuál es mi animal favorito, Can?

—¿Cuál? Es imposible saberlo, hay demasiados.

—Aquel caballo. —Señala un caballo de gran tamaño que luce un físico formidable—. Lo iban a sacrificar porque se le rompió una pata y no tenían para pagar la cirugía. Pedí que me lo cedieran, pero no lo hicieron por menos de diez mil euros. El dueño me conocía y sabía que los pagaría con tal de intentar salvarlo. Entonces, cada vez que lo miro entiendo que ninguna cantidad de dinero vale una vida y que hoy pagaría un millón más por seguir teniendo el privilegio de verlo y compartir con él todos los días.

—Eres un buen hombre, Alessandro. Aunque con las mujeres…

Ambos se ríen y empujan entre sí.

—A ninguna les miento. Siempre les digo la verdad, que no busco nada serio más allá de unos días. ¡Y tú, tú sí que eres un chalado! Lo que hiciste por esa ballena no tiene nombre, no se puede explicar, solo se puede mirar y quedarme boquiabierto. Dentro de unos meses ya nadie hablará de eso, pero yo nunca podré olvidarlo. Eres un héroe para muchos.

—No lo hice solo… sin Bernard hubiera sido imposible.

—Es otro loco. Los esteroides se lo están comiendo, pero es un buen tipo. ¿Qué hay de Polen, vas en serio? Es una buena mujer.

—Lo es…

Alessandro sonríe al entenderlo con solo mirarlo.

—Pero no sientes eso que hay que sentir cuando enloqueces por una mujer, esas ganas de conocer cada cosa de ella, que el tiempo siempre pasa rápido y que detestas estar lejos de ella. Polen es perfecta, pero no para ti o no en este momento. Supongo que todos pasamos por eso alguna vez.

—Es una tremenda estupidez ¿no? Que todavía piense en otra mujer que lo único que hizo fue olvidarse de mi existencia.

Ambos se giran al escuchar los gritos de Bernard y ríen mientras lo ven huyendo de uno de los cerdos salvajes que lo persigue.

Alessandro saca su cámara. Comienza a grabar en vivo para su canal de Youtube la cómica escena y a sus invitados, relatando las anécdotas del día. En el momento que revisa los comentarios de sus seguidores, nota que los más relevantes hablan sobre la situación en Siria y le suplican que vaya a aquel país para mostrar al mundo las atrocidades que están ocurriendo. Él les promete pensarlo.

***

Esa noche son invitados a catar una selección de los mejores vinos de la compañía Santoro y de la región. Polen nuevamente demuestra gran habilidad, esta vez para reconocer los aromas, las fragancias y las texturas de los vinos.

En los siguientes días visitan varias de las ciudades de la Toscana. Primero dan un paseo por la romántica Florencia.

Polen y Can se están más cariñosos, caminando agarrados de la mano y capturando sus momentos con la cámara de Can. Bernard y Antonella también se acercan un poco, el británico mueve bien sus fichas.

El próximo recorrido es en la ciudad de Pisa, donde se hicieron las obligatorias fotografías cerca de la torre inclinada. Continúan por Chianti, Siena y finalmente a las famosas playas de Livorno. Fueron asombrados numerosas veces por los impresionantes paisajes de la Toscana. En especial cuando iban por las angostas carreteras, en medio de las hermosas praderas de un color verde intenso que subían y descendían constantemente por las pequeñas pero interminables colinas.

Polen fue la primera en irse para poder cumplir con sus compromisos académicos. Bernard no tenía planeado irse pronto porque quería estar más tiempo conociendo a Antonella, pero Can quería irse y continuar.

Prepara sus maletas cuando Alessandro toca la puerta y pasa con una botella de whisky más dos vasos de cristal.

—¿Un trago?

—Un buen whisky con un gran amigo, es una oferta irrechazable.

El italiano las sirve y se sienta.

—¿Por qué te vas tan pronto? ¿Tan mal te hemos tratado?

—Sabes que no es por eso. Simplemente debo continuar moviéndome. Siempre me pasa cuando estoy demasiado tiempo en un mismo lugar.

—Apenas llevas una semana, pero lo entiendo. Can, me han continuado pidiendo mucho, casi rogando, que vaya a Siria y grabe lo que está ocurriendo. Puedo ir solo o pagarle a un grupo de hombres para que me acompañen, pero me gustaría hacerlo con ustedes, en quienes confío.

Can conoce hasta cierto punto lo que ocurre en ese país, por las noticias y principalmente porque Turquía se ha visto afectada por el éxodo masivo de sirios que emigran huyendo de los estragos de una guerra que no parece tener fin, una que ha cobrado cientos de miles de vidas sin distinción de sexo ni edad.

—Siria no es un juego, Alessandro. Es una zona de guerra. Hay diferentes bandos peleando a muerte por el poder, el gobierno, los rusos, el Estado Islámico, los rebeldes y otros más que ignoro. Los cámaras o reporteros extranjeros somos un objetivo valioso.

—Lo sé, Can. ¿Pero no estás cansado de esforzarte y en realidad no cambiar nada? Digo, salvamos una ballena y levantamos la moral. Sin embargo, ¿hicimos algo verdaderamente importante?

—Sí. Esa ballena vivirá, se reproducirá y en cien años unas cuantas ballenas existirán gracias a ese pequeño momento y en mil años serán cientos. Una pequeña buena acción no va a cambiar el mundo, pero con suerte, sí el de alguien. Además, tienes un refugio que salva muchas vidas…

—Quiero hacer algo real. Algo que importe, que marque.

—¿Bernard qué dice?

—Que si tú vas él tendrá que ir para no dejarte ser el héroe.

Can se termina su trago de un golpe, hasta el fondo mientras piensa y analiza los pros y los contras. Sabe que es una misión que conlleva a demasiados riesgos. No es parte de su trabajo, no es su área y tiene cierto miedo. Después de su tiempo en el ejército, conoce los horrores que ocurren en las zonas de guerra.

—Está bien, lo haremos, pero yo dirigiré, me harán caso en todo. Cuando diga que debemos irnos…

—Nos iremos.

—Cuando diga que no…

—Haremos caso. Solo llegaremos hasta Alepo, veremos lo que queda y nos vamos.

—De acuerdo.

Turquía

Capítulo 12

De Italia partieron hacia Turquía, a Estambul. Cruzaron los mares Tirreo, Mediterráneo y Egeo. Los tres aventureros se convertían en muy buenos amigos. Bernard y Can encontraban más puntos en común, dejando en el pasado aquellas tontas discordias de sus tiempos estudiantiles.

A diferencia de su época en el ejército cuando era obligatorio, esta era la primera vez que Can viajaba en grupo por elección propia y de forma tan duradera. Siempre se había mantenido como un lobo solitario viajando por el mundo. Can sabía que podía contar con ellos, que no le darían la espalda si algo no salía bien. Los tres eran tan diferentes como parecidos al mismo tiempo. En Estambul a Can le tocó devolver un poco de la hospitalidad. Alessandro y Bernard fueron recibidos con mucha cordialidad por Aziz y Emre en su enorme casa de ciudad. Compartieron tragos, parrilla y bonitas conversaciones. A Aziz le costó creer que aquel rubio inmenso con brazos del grueso de sus piernas, fuera aquel flacucho que alguna vez estudió con su hijo en la universidad.

En la empresa hubo más que cordialidad, los empleados enloquecieron cuando el trío visitó las instalaciones y por primera vez Can era destronado de su puesto como galán indiscutible del lugar. Todos querían fotos con ellos, pues eran unos héroes. Ceycey y Gülin no pudieron mantenerse controlados, avergonzando continuamente a Can. Alessandro se sintió una celebridad y le encantaba; Bernard sorprendió a todos manteniéndose tranquilo y sin coquetear con ninguna de las mujeres que lo buscaban insistentemente, alegando que su futura esposa lo esperaba en la Toscana.

Can aprovechó el tiempo para compartir más con su padre y hermano. Les hablo sobre su próxima aventura, estos dos mostraron gran preocupación, en especial Aziz, le suplicó que no hiciera ese viaje. Para el hombre de cabellos blancos no había necesidad de que su amado hijo fuera a exponerse a todos los peligros que se encontraban en Siria.

—Es el lugar más peligroso del mundo para los periodistas extranjeros. Y los turcos no somos bienvenidos allí, ¡nuestros gobiernos están prácticamente en guerra, hijo! —dice exaltado

—Hermano, sabes que te apoyo en cualquiera de tus descabelladas ideas, pero esta ya es demasiado. Te pondrás en riesgo sin necesidad. Pueden secuestrarte algunos de esos grupos terroristas. Pedirán dinero y aunque papá pueda pagarlo, eso no garantiza que regreses sano y salvo con nosotros.

Sin embargo y como los dos sabían, si Can ya lo había decidido, no había vuelta atrás, no existían palabras que pudieran hacerlo cambiar de parecer; su voluntad es inquebrantable.

Solo pasaron tres noches en Estambul mientras definieron los detalles más importantes para aproximarse a la frontera, pasarla y regresar. En la provincia de Kilis, una zona que bordea el límite con Siria, Can tiene un contacto que los buscará en el aeropuerto de Gaziantep, los llevará a conocer el campo de refugiados, para pasar al país vecino y a ponerlos en contacto con las personas que los guiarán. Es un sirio llamado Khaled que ahora vive en el campo de refugiados de la ciudad de Kilis; antes vivía en Alepo, en su propia casa y con su numerosa familia: sus padres, su esposa y sus cuatro hijos pequeños, tres niñas y un varón. Can los conoció cuando estos viajaron a conocer Estambul, antes de la guerra.

A la mañana siguiente fueron al aeropuerto y subieron a la avioneta que los llevaría al inicio de la arriesgada aventura en el país más violento del mundo.

***

Gaziantep

Desde que se bajan de la avioneta notan que están en otro ambiente muy diferente al de la ciudad. Bernard sugiere ir rápidamente a alquilar un vehículo para encender el aire acondicionado y esperar más cómodos mientras llega el contacto, pero Khaled los encuentra antes. El hombre es de estatura media, delgado a punto de parecer desnutrido, su ropa luce desgastada al igual que todo su físico.

—¡Guarden las cámaras! ¡Todo, no llamen la atención! Fue lo primero que te advertí, Can. ¡Es peligroso! Aquí los errores se pagan con la vida.

Can se queda unos segundos en silencio, tratando de asimilar lo que están viendo sus ojos. Duda si es el mismo hombre que conocía. Sabía que Khaled había huido de Siria, pero no en qué estado ni cómo llegó su familia. Ahora teme preguntarlo, teme lo peor.

—Khaled, amigo. La cámara la tengo desarmada y escondida, ¿Por qué lo dices? —pregunta Can.

La respuesta la encuentra al momento que gira a buscar la ubicación de sus amigos y nota que Alessandro, se había quedado atrás pidiéndole una fotografía a una mujer que esperaba para embarcar en otra avioneta en el pequeño aeropuerto. Can va hacia él y lo agarra por la camisa.

—¡Alessandro! ¿Qué fue lo que acordamos en Italia? Que me harían caso y lo primero que les pedí fue que no sacaran las cámaras. No llamar la atención, ser invisibles.

—Lo siento, pero ¿cuál es el problema? Aún no estamos en Siria.

Khaled se acerca a Alessandro, colocando su rostro a solo unos pocos centímetros del de él y lo mira detalladamente antes de hablar. Alessandro se queda inmóvil luchando por ignorar y no mirar la parte izquierda de la cara de Khaled, está completamente quemada y llena de escandalosas cicatrices.

—Aquí en esta pista de aterrizaje y en toda la región, hay espías de los grupos armados en el interior de Siria. Si saben que van a entrar y que son periodistas o algo parecido, los marcan. Lo siguiente será que los secuestren y los capture alguno de estos cientos de grupos terroristas que se mueven por la zona, pedirán un rescate que quizás sus países o familiares paguen y los liberen; o quizás nadie pague y les corten el cuello. Tu rica familia lo verá y quedarán traumatizados por el resto de sus vidas.

—De acuerdo no lo volveré a…

—¿Sabes por qué le dicen el país de las almas rotas?

Khaled se lo queda viendo fijamente y en silencio, esperando una respuesta.

—Porque los…

El sirio lo interrumpe.

—Porque si estas demasiado tiempo en este lugar, te quitarán poco a poco todo lo que amas. Hasta que ya no te importa tu propia vida y entonces, aunque no lo buscas, tu cuerpo logra sobrevivir, pero tu alma muere y se queda en Siria.

Alessandro y Bernard tragan saliva. Can entonces entiende que lo más probable es que la familia de su amigo no lo haya logrado.

—Ya los asustaste, Khaled. Ven aquí y dame un abrazo. ¿Cómo la llevas? Ya conoces a Alessandro. Te presento a mi amigo Bernard.

El turco y el sirio se abrazan. Después de presentarse con Bernard y oficialmente con Alessandro, Khaled les comenta que las cosas solo han empeorado, que el flujo de migrantes ha aumentado y las nuevas políticas en las fronteras de los países europeos están perjudicando a sus compatriotas que solo intentan huir a otras naciones para poder sobrevivir.

—Ya no nos quieren en ningún país de Europa. Muchos de los que se van por mar mueren… Les puedo contar con lujo de detalles todo lo que ocurre, pero la mejor manera de que entiendan la verdadera magnitud de lo que pasa es que lo vean con sus propios ojos —asevera Khaled.

La temperatura es alta y comienzan a caminar para dirigirse hacia su primer objetivo, el campo de concentración cerca de la frontera.

—Hace calor, alquilemos un coche con buen aire acondicionado —solicita Bernard.

Khaled mueve la cabeza para indicarles que no y les pide que lo sigan bajo el inclemente sol hasta una parada de autobuses. Les comenta que es la mejor manera para no llamar la atención, ya que una camioneta los convertiría en blancos sin importar que fueran reporteros o no.

Se montan en los puestos traseros de una vieja unidad de pasajeros con rumbo a Kilis.

Uno de los pequeños poblados que atraviesan antes de llegar a la ciudad, está abarrotado de personas en las aceras y calles. Es como un mercado gigante donde no parece que pudiera caber alguien más, pero todos fluyen sin tropezarse; en una extraña sincronía dentro del caos. El bus donde van pasa rozando los puestos de los vendedores, la gente se atraviesa a los vehículos sin siquiera mirar a los lados provocando frenazos repentinos. Pitos, sirenas y gritos resuenan cada segundo. Can mira y fotografía disimuladamente a un niño robar unas frutas, a un hombre gritarle a su mujer, a un carnicero recoger un pedazo de carne del suelo y juntarlo sucio con los demás trozos que están a la venta.

—Hay demasiada gente porque es el horario en que los sirios podemos salir del refugio a trabajar o resolver cualquier asunto. En Kilis ya hay demasiados, por lo que han tenido que ir alejándose cada vez más—informa Khaled.

—¿Por qué sigues en el refugio? —pregunta Can.

—Los jóvenes y los niños pasan dificultades allí. Intento ayudarlos de todas las formas que puedo. Les doy clases de matemáticas, consigo suministros médicos, lo que pueda. Es lo que le da sentido a mi vida, no tengo más nada, Can... —dice con la mirada perdida, triste y melancólica.

Can siente su dolor y tiene que respirar profundo para evitar que sus emociones se manifiesten. Recuerda a los numerosos hijos del hombre y como este los amaba con locura; en ese entonces Khaled lucía más fornido, enérgico, animado, engreído, feliz, satisfecho con lo que tenía y enamorado de su esposa; quien va sentado a su lado no queda ni un atisbo de aquel hombre.

—Lo siento, Khaled. No puedo imaginar... es imposible para cualquier otra persona, entender tu dolor. Te admiro y te respeto por tener la fortaleza de poder levantarte de la cama. Por sacar coraje y querer ayudar a los demás, a nosotros.

Khaled lo mira y asiente.

***

Campo de refugiados de Kilis

Desde la carretera se comienzan a divisar los más de dos mil enormes contenedores sobre la caliente tierra y toda el área que está rodeada por cercas metálicas. Las casas de chapa están puestas una al lado de otra de manera uniforme, dejando espacios para que la gente pueda caminar y reunirse. Los aventureros se impresionan por la asombrosa cantidad de viviendas. Alessandro por un momento se pone a imaginar el insoportable calor que debe haber allí, el lugar donde viven miles; para Bernard es el primer contacto con una realidad que abruma a cualquiera, se queda sin palabras; Can intenta comprender cómo es posible que en el mundo puedan ocurrir cosas de semejante magnitud, cómo las ambiciones de poder de unos pocos destruyen las vidas de millones.

—Tranquilícense, solo estamos viendo la superficie, la parte "presentable".

—¿Esto es presentable? ¡Deben estar muriendo de calor! —exclama Alessandro

—Tampoco hay mucha agua, es racionada. Pero a pesar de todo tienen una oportunidad, lo que dentro de Siria dejó de existir. Aquí muchos de los niños pueden estudiar, a las familias dependiendo de su vulnerabilidad se les da dinero mensualmente, hay un centro médico, un supermercado. No es mucho...

—Es algo —finaliza Can.

—Es realmente triste —agrega Bernard.

—Esperen entrar en Siria. Aunque todavía están a tiempo de olvidarse de esa tonta idea. —sugiere Khaled.

—¿Por qué lo dices? —pregunta Alessandro.

—Can no me contó cómo eran ustedes. —Mira a Bernard—: rubio, demasiado alto, musculoso y acento británico. —Gira hacia Alessandro—: Cabello largo, rostro de mujer y acento italiano. Llamarán demasiado la atención aquí dentro.

Bernard y Alessandro se sienten elogiados. Can los mira y entiende que tiene razón en sus palabras. Piensa rápidamente.

—Le teñiremos el pelo, Alessandro y yo nos lo recogeremos. Bernard se pondrá camisones grandes y no hablaremos, a menos que sea necesario o estemos solos.

—No durarán —repite Khaled.

—¿Y si nos acompañas? —pregunta el italiano.

El autobús se detiene en la entrada del campamento. Todos bajan. Khaled les pide efectivo para sobornar y que puedan entrar.

—No digan nada. Conozco a los guardias y sé negociar con ellos. No aceptan a extraños, a periodistas ni a nadie que tenga que ver con la prensa sin un permiso del gobierno.

Después de unos minutos de conversación y constantes miradas de los guardias hacia el trío, los dejan pasar con la condición de que no pueden tomar fotografías ni a los guardias ni a las mujeres. El calor es casi insoportable para Bernard y Alessandro, no están acostumbrados. Can tampoco, pero lo aguanta mejor.

Niños deambulan en pequeños grupos con las ropas sucias por la tierra. En algunos de estos todavía se aprecian inocencia, curiosidad y sonrisas en sus rostros; en el resto, impacta la seriedad, la dureza en las miradas. Can entiende que tampoco puede imaginar por todo lo que pasaron ni cuánto perdieron antes de llegar a aquí, donde pueden respirar y comer, pero difícilmente ser felices. Muchos son huérfanos. Los adultos no se ven mejor, en ellos abundan las miradas perdidas, tristes y el silencio.

Lo primero que se fijan es que hay muchísimos jóvenes, son mayoría, y lo segundo es la gran cantidad de pequeños negocios. Los sirios como buenos comerciantes desde el nacimiento de su civilización y demuestran que nunca dejarán de serlo, sin importar la situación que enfrenten siempre encontrarán el camino para hacer lo que mejor saben.

Khaled los va guiando, explicándoles cómo es el movimiento dentro el campo y dónde quedan las cosas. Alessandro se preparó muy bien. Lleva una diminuta cámara anclada a una de las patas de sus gafas de sol. Comienza a grabar todo y a narrarle sus pensamientos al micrófono que lleva dentro de la camiseta.

—¿Qué hace tu amigo? —le pregunta Khaled a Can.

Aunque se da cuenta rápidamente de que está grabando todo y que es peligroso, no puede detenerlo sin llamar aún más la atención de los desconfiados sirios y de los guardias de seguridad. "Con suerte solo hará que nos expulsen", piensa Can preocupado.

—Solo es un italiano loco, dime uno que no lo esté —responde Can encogiéndose de hombros.

El sirio se queda pensativo, con cara de preocupación. A Bernard, quien padece de un gran acaloramiento, le brillan los ojos cuando ve un congelador lleno de refrescos. Pide una y saca unos billetes. Le dan cuatro latas, pero no le dejan pagar por ninguna.

—Aunque la mayoría son pobres, son generosos —comenta Khaled ante el asombro del británico.

—Khaled, ¿conoces a alguien que quiera hablar con nosotros? Que nos cuente su historia —quiere saber Alessandro.

—¿Para qué? ¿Estás grabando algo?

—No, no. Es para escribir un libro. Grabaremos dentro de Siria.

Desconfiando del italiano y también por solicitud de Can, los lleva a la vivienda de un solitario hombre mayor que siempre tiene ganas de desahogarse.

Cuando entran al contenedor, comprenden que en esos escasos metros cuadrados esta todo lo que tiene Izmir. Un viejo ventilador es lo único que proporciona algo de aire en el interior, aunque no es fresco. A pesar de lo poco, les ofrece algo de pan árabe junto a un té para luego empezar a relatar su historia.

—Más de seis millones hemos tenido que dejar el país y otros seis más se han desplazado al interior. Las ciudades son los principales campos de batallas y no hay distinciones, cualquier vida puede ser arrancada en cualquier momento. Ya no hay artículos de primera necesidad, no hay hospitales, no hay escuelas y no hay nada que indique que la guerra terminará pronto. Hemos sido maldecidos.

—¿Cómo llegaron a esto? —pregunta Bernard consternado.

—Todo empezó en el dos mil once. Solo eran manifestaciones pacíficas en contra del régimen de Bashar, pero el arresto y tortura de unos estudiantes fue la chispa que encendió la gasolina que llevaba años esperando por prender. Las manifestaciones subieron de tono, las represiones por parte del gobierno se convirtieron en salvajismo. Algunos generales, militares y policías desertaron, fundaron la resistencia que hoy día está muy débil. Después aparecerían los Kurdos, grupos terroristas haciendo masacres y los rusos aliados de Bashar cometiendo asesinatos en masa con todo tipo de bombas.

—Dicen que las bombas químicas nunca han sido lanzadas en Siria, que es amarillismo —comenta Bernard.

Izmir lo mira, le da un bocado a su pan, bebe de su té y sonríe moviendo la cabeza hacia los lados antes de responderle.

—Dicen que Cuba es una democracia. Dicen que el gobierno de Estados Unidos ya no espía las comunicaciones de nadie. Dicen que el atentado de las torres gemelas fueron terroristas. ¿Crees en todo lo que escuchas? Yo mismo vi el efecto de esas bombas, he visto cosas devastadoras, pero no como eso.

Bernard asiente mientras escucha y trata de asimilar la difícil información. Can nota que Alessandro tiene intenciones de intervenir nuevamente y se adelanta.

—¿Cómo huyó? ¿Cuándo?

—Solo hace unos meses, después de que una bomba arrasara mi farmacia en Alepo.

—Lo siento mucho.

—No lo sientas. Nunca he tenido familia y el negocio no iba muy bien que digamos. Pude salir por la frontera sin problemas porque soy un hombre mayor. Para los jóvenes es

131

más difícil, tienen tres únicas opciones: se unen al ejército rebelde, al ejército del gobierno del asesino de Bashar al Asad o salen del país de forma ilegal, porque si desertas del servicio militar obligatorio, eres retenido en las fronteras, encarcelado, torturado y hasta asesinado.

—Para vivir tienes que huir —concluye Can.

—Es lo más inteligente —afirma Izmir.

Hablan un rato más hasta que el hombre les pide amablemente que se marchen para él poder hacer sus rezos. Can y Bernard emplean el tiempo que les queda para tomar algunas fotografías, Alessandro para continuar grabando el lugar y narrando sus observaciones. El primero siempre pide permiso para poder usar su cámara, por ser turco y su crianza, sabe que el respeto es la clave para mantener la fiesta en paz en aquella cultura. Algunos de los niños buscan con picardía salir en las imágenes, lo hacen sonriendo, saludando y bromeando entre ellos, otros tímidos bajan un poco la mirada ante la presión de posar y estar frente a un extraño. Can los alienta por medio de aplausos y gentiles gestos de aprobación.

Poco a poco se van sumando más niños y el pequeño espacio que hay en los caminos en *"Container City"* se empieza a llenar. Bernard se suma y con simpatía también se gana algunas buenas imágenes de los inocentes rostros. Alessandro los graba y narra el momento con sentimiento.

—Estos hombres salvan ballenas en el mar ártico, ahora, a treinta y ocho grados, al lado de la frontera de la peligrosa Siria, roban las sonrisas de estos hermosos e inocentes niños que han pasado muchas penas. Estos son mis amigos y estoy muy orgulloso de ellos.

Deja de grabar y se pone junto a los niños para salir en las fotos. Can y Bernard hacen lo mismo hasta que Khaled vuelve de haber estado conversando con un amigo. Los regaña nervioso, si algún padre conservador los hubiera visto, se podría haber formado una revuelta contra ellos en segundos.

Dejan de fotografiar y continúan. Reciben muchas muestras de comida en cualquiera de los puestos donde preguntan por algo, no les permiten pagar por nada. Dando una muestra de hospitalidad y generosidad difícil de creer. "Son refugiados, no tienen una casa ni un empleo estable ¿y regalan comida?", medita Can con asombro.

Después de discutirlo brevemente acordaron que pasarían la frontera de manera clandestina para reducir la probabilidad de ser marcados y atrapados en Siria. A las doce en punto se encontrarán en un punto ubicado en las afueras de la ciudad. Temiendo que ellos no supieran cómo moverse sin llamar la atención ni encontrar a la persona con quién debían hablar dentro de su país y aunque lo último que deseaba era volver a la tierra donde lo perdió todo, el sirio decidió acompañarlos.

Antes del atardecer se marcharon a un hotel en la ciudad de Kilis que Khaled les recomendó y este se quedó en el refugio.

Capítulo 13

Hotel, Kilis
Minutos antes de partir al punto de encuentro

Sus apariencias han sido cambiadas en lo necesario. Alessandro tiene el cabello recogido con una coleta como Can y usan gorras. Bernard tiene el de él pintado de negro y viste un camisón ancho que oculta su corpulencia. Compraron y juntaron solo lo esencial dentro de unas mochilas, también sacaron todo el efectivo que pudieron sin llamar demasiado la atención. Todo en zona de guerra es costoso y se paga con efectivo u objetos valiosos.

—Ya sabemos todos los peligros que podemos encontrarnos cuando nos adentremos. Los riesgos son altos, si alguno no quiere ir es comprensible y todos nos quedaremos —dice Can.

Alessandro se pone de pie y extiende su mano.

—Hasta el final.

Bernard también se levanta y coloca la suya sobre la de él.

—Hasta el final.

Can asiente y hace lo mismo.

—Hasta el final. Nadie se quedará atrás.

***

El hombre que concia el taxi que los llevó al punto de encuentro estaba muy callado, parecía inquieto, sospechoso, lo que los alarmó un poco a ellos. Can intentó calmarlos diciéndoles que seguramente era porque el conductor sabía que iban a intentar pasar la frontera y él podría ser culpado por ayudar a dos extranjeros y a un compatriota.

Como les indicó Khaled, quien no confía en casi nadie, al bajarse del taxi se separaron y caminaron en diferentes direcciones para despistar al chofer. Se reunieron con el sirio y dos sujetos más detrás de un almacén abandonado. Los desconocidos tenían chalecos antibalas y portaban armas.

—Ellos son Bassam y Samir, compatriotas que luchan con el ejército rebelde. Tienen contactos en el interior y saben moverse mejor que nadie.

Después de pagarles unos mil quinientos euros a cada uno, los hombres se muestran animados y hasta bromean con los aventureros. Pero cuando llega el momento y se requiere seriedad, asombran con su coordinación, lo metódicos y la información que manejan para lograr hacer la incursión al interior de Siria.

Caminaron todo el trayecto desde las afueras de la ciudad de Kilis hasta la frontera física con el poblado de Shamarin en Siria. En varios tramos tuvieron que arrastrarse por la tierra para evitar ser detectados por los guardias fronterizos turcos que pasaban en camionetas haciendo las rondas.

Bernard y Alessandro estuvieron nerviosos en todo momento, a veces erráticos y lentos. Por otro lado, Can revivió sus tiempos en el ejército, parecía una operación encubierta. Sentía algo de nervios, pero no tenía miedo. La adrenalina lo impulsaba a moverse y por momentos a casi tomar la delantera.

Se esconden detrás de una colina a unos veinte metros de la carretera que hace de línea fronteriza. Alessandro está muerto del cansancio, Bernard por poseer una mejor condición física, se mantiene sereno al igual que Can. Otra patrulla turca que proviene de Kilis se acerca a gran velocidad.

—No es normal tanta vigilancia. ¿Están seguros de que despistaron al chofer del taxi? —pregunta Bassam.

—Sí, al bajarnos tomamos calles diferentes y esperamos a que se marchara —dice Can.

Bassam se queda pensativo unos instantes.

—Bueno, manténgase juntos, avanzaremos y entraremos en territorio sirio —informa Bassam.

—Una vez dentro, estaremos solos —agrega Samir.

—Nuestras vidas dependerán de las decisiones que tomemos —dice Khaled.

—¿Qué hay de las torres de vigilancia del otro lado? —pregunta Can.

—En las torres no hay nadie. Las ocupaban los hombres del ejército de Bashar, pero los enemigos del régimen están ahora en el interior. Además, parte de la zona está tomada por nuestro ejército.

—¿Dónde iremos cuando entremos? —pregunta Bernard.

—Tenemos una casa segura en el pueblo —responde Bassam.

—¿Qué tan segura? —pregunta Can.

—Es la casa de su hermana —informa Khaled.

Can mira a Alessandro porque sabe que no puede controlarse cuando hay una mujer cerca; Alessandro mira a Bernard al recordar que este quiere convertirse en su cuñado. Un teléfono suena entre ellos y retumba fuerte en todo el lugar, provocando un eco que viaja varios kilómetros. Se tiran al suelo por instinto, justo en ese momento escuchan las ruedas de la patrulla frenar en seco.

—Mierda —suelta Khaled.

—¿¡Quién es el imbécil que trajo un teléfono y no lo puso en silencio!? —pregunta Bassam colérico.

El aparato sigue sonando y haciendo un ruido tremendo, enloqueciéndolos y poniéndolos en peligro. Las puertas de la patrulla se abren, los soldados bajan armados y alertas. Todos a excepción del que preguntó, se revuelcan en el suelo mientras se registran desesperados, aunque están seguros de que el teléfono no está en ellos. Samir se concentra para oír mejor, se acerca a la bota de su colega de donde escucha que proviene el sonido, registra y extrae el móvil. Piensa qué hacer mientras sostiene el aparato con furia.

—¡Demonios, Bassam! ¿Cómo puedes olvidar ponerlo en silencio? —cuestiona Samir en voz baja.

—No lo recordaba. Lo siento —admite Bassam sintiéndose apenado, culpable y estúpido.

—¡Apáguenlo! —pide Alessandro.

Bernard intenta agarrarlo, pero Samir no lo permite. Can no sabe qué hacer y se queda inmóvil.

—Tendrás que hacerlo, Bassam —dice Samir.

—¿Qué pasa? ¡Apáguenlo! —suplica Khaled.

El aparato deja de sonar y todos se miran las caras intentando descifrar lo que el otro piensa.

—Bassam, toma el teléfono y échate el alcohol de la cantimplora encima.

—No quiero…

—En menos de un minuto van a estar aquí. Es tu culpa y no hay más opciones. Quítate todo lo que te haga parecer un soldado —advierte Samir.

—¿Qué demonios están haciendo? —pregunta Can alarmado.

—¡Khaled, llévalos detrás de aquella roca! Arrástrense y no se levanten ni un centímetro de la tierra. Samir estará enseguida con ustedes —ordena Bassan mientras se quita el chaleco y las armas.

Necesitaban preguntar más para entender el plan, pero el móvil vuelve a retumbar. Así que hacen lo ordenado y se mueven como culebras asustadas en el desierto buscando refugio. Samir se les une después de orinar y dejar atrás a su compañero.

Alessandro levanta un poco la cabeza para entender mejor lo que ocurre y ver si encuentra a los soldados que se acercan. Khaled lo tira hacia abajo rápidamente.

—No subas la cabeza, no si quieres conservarla completa —advierte el sirio.

Alessandro traga saliva y se acuesta mirando hacia el cielo.

—Deben estar acercándose. ¿Qué haremos? —cuestiona Bernard con preocupación—. ¿Lo arrestarán?

—No arrestarán a nadie. Los soldados se encontrarán con un borracho que se ha orinado los pantalones, con suerte solo le darán unas patadas —dice Samir.

—¿Y si no hay suerte, los matarás? —pregunta Can.

—No tengo opción.

Un minuto después llegan dos soldados, encuentran a Bassam tirado con una botella en el pecho y un charco de orina, quien también se hace el muy dormido aguantando unas cuantas patadas. A su lado permanece el móvil sonando. Los hombres se cuestionan entre sí para decidir si se lo llevan o dejan ahí, el fuerte olor los hace dudar. Uno de ellos atiende el teléfono y después de conversar unos minutos con alguien al otro lado de la línea, dice que se trata de la esposa que lo busca furiosa porque se fue a beber. Tiran el móvil a su lado y se marchan.

—Nadie se moverá, esperaremos treinta minutos aquí. Si los soldados vuelven, defenderemos nuestra posición —ordena Samir.

Can mira a Alessandro, quien parece hipnotizado observando el cielo. Cuando también comienza a observar el negro infinito lleno de estrellas, se pierde en recuerdos por unos segundos. Sonríe al sentirse un idiota por estar pensando en Jenna.

Escuchan las puertas del coche patrulla cerrarse y enseguida ponerse en movimiento.

—¿Salimos? —pregunta Khaled a Samir.

—No, es una trampa. Están vigilando, quieren verificar que no haya nadie más por ahí. Veinte minutos más.

El tiempo pasa lento, los minutos parecen horas. No hay brisa, por lo que el silencio es casi absoluto. Escuchan sus corazones latir y a los insectos que vuelan a su alrededor. Después de un cuarto hora escuchan a la patrulla volver, se abre una puerta, se cierra y se marchan.

—Ahora sí. Marchémonos, vamos retrasados —dice Samir al mismo tiempo que se pone de pie.

—Deberías llamar a tu hermana para verificar que no haya problemas —sugiere Can cuando se reencuentran con Bassam.

Bassam lo hace. Le agradece a su hermana por seguir muy bien el plan que tenían en casos de emergencia y después de conversar unos segundos más, da la luz verde para avanzar.

Siria

Capítulo 14

Shamarin, Siria

La zona está tomada por el ejército rebelde, compatriotas de Bassam y Samir, pero siempre hay espías, informantes o enemigos encubiertos. No pueden confiar en casi nadie o dar algo por sentado. Así que se escabullen entre los edificios y las casas del pueblo. En alerta, moviéndose con velocidad y sin detenerse. Algunos sin techo alrededor de fogatas los miran sin inmutarse, acostumbrados a ver extraños colándose constantemente.

Alessandro está realmente agotado y aún más nervioso, no tenía idea de lo que tendrían que hacer para entrar al país. Comienza a sentir grandes deseos de regresar y estar en un lugar tranquilo, a salvo. La sensación de inseguridad le agobia.

—¿Cuándo llegaremos? —pregunta.

—Solo faltan unas cinco calles. A este ritmo llegaremos en cinco minutos —informa Bassam.

—Aguanta, Alessandro. Esta fue tu idea, no te rindas sin luchar lo suficiente. Estamos juntos en esto —dice Can.

—Así es, cuñado. Yo te cuidaré, no te preocupes.

Continúan sin bajar la velocidad hasta que un vehículo oscuro comienza a merodear las calles con un altavoz en el techo de donde sale una especie de canto árabe. Samir hace señas para que todos se detengan y se agachen. Khaled se echa en el suelo para descansar y enciende un cigarro. Alessandro y Bernard también toman asiento en la tierra.

—¿Son de su gente? ¿Por qué hacen eso? ¿Qué dicen los cantos? —pregunta Can con curiosidad.

—Deben ser de los nuestros, seguramente están ebrios. Son cantos en honor a los que saludan a la muerte antes de ser llevados a ella —cuenta Khaled.

—Están locos —musita Bernard.

Bassam le da una calada al cigarrillo de Khaled antes de responder

—La valentía muchas veces es confundida con locura, amigo.

Alessandro aprovecha el tiempo para recuperar el aliento antes de que prosigan. Can le ayuda a levantarse cuando el momento llega. Marchando en fila india toman otra ruta rodeando más edificios para evitar ser vistos. Cualquier sonido, luz o vehículo los pone en alerta máxima.

Después de unos cinco minutos de andar casi trotando, llegan al destino. Los seis desean entrar de inmediato para resguardarse y poder relajarse un poco, tienen los nervios a flor de piel.

Bassam hace sonidos son sus labios antes de abrir la puerta. Cuando pasan notan a una mujer sentada en el suelo apuntándolos con un rifle, a su lado duerme un niño. Can, Alessandro, Bernard y Khaled levantan las manos.

—Llegas tarde —dice ella en tono autoritario y sin bajar el arma.

—Tuvimos varios imprevistos, Noor. Baja ese rifle que asustas a nuestros invitados —responde Bassam.

—¿Cómo sé que nadie los siguió hasta aquí sí tuvieron "imprevistos"? —cuestiona Noor.

—Vamos, Noor. Están conmigo, sabes que no cometo errores. Bassam dejó su teléfono encendido y por eso casi nos atrapan los soldados.

Se acerca a ella, le baja la punta del arma y le entrega el móvil de su hermano. Ella se disculpa con los invitados, se presenta y los hace tomar asiento en el suelo. Les invita té para calmar los ánimos y conversa un poco con ellos. Khaled les sugiere que aprovechen para dormir un rato, ya que están en una de las pocas zonas calmadas de Siria, será más caótico a medida que se adentren para llegar a la ciudad Alepo.

—Haremos guardias de dos horas. Yo haré la primera, luego Bernard y el último Alessandro —avisa Can.

***

Muy temprano desayunaron una moderada ración de pan árabe con pollo y verduras. Sus ropas fueron mejor adaptadas para que los tres extranjeros lucieran un poco más lugareños y aprendieron algunas palabras básicas del idioma. Resguardaron su dinero, camuflaron más sus equipos de trabajo y se colocaron unos chalecos antibalas prestados por Bassam y Samir. Acordaron la manera en que viajarían hasta la peligrosa ciudad de Alepo.

7:00 a.m.

—Están llegando —informa Samir.

—¿Seguros que podemos confiar en ellos? —pregunta Can.

—Si siguen siendo los mismos con los que combatimos hace unas semanas, confío con mi vida —responde Samir y Bassam lo apoya.

—De acuerdo, muchachos.

Can no puede olvidar su vieja costumbre. Coloca su cámara en una esquina de la sala y se fotografía junto a los cinco hombres y a Noor. Los soldados rebeldes y ella posan con sus armas, con sus caras serias, orgullosos de lo que son; por el contrario, el turco, el italiano y el británico sonríen con simpatía.

Escuchan a las dos camionetas todoterreno llegar a la entrada de la casa de Noor. Se miran unos a otros, asienten y los seis salen rápidamente hacia los vehículos, divididos en dos grupos: Can, Khaled y Bassam; Alessandro, Bernard y Samir. En el momento que Can queda en el medio de estos

143

dos, entiende que comienza a adentrarse en el país más peligroso del planeta con dos hombres a los que no conoce mucho y que están armados hasta los dientes.

Antes de salir del poblado pasan a comprar combustible. Arrancan con rumbo a Azaz, la primera parada. En el vehículo donde va Can el silencio reina durante todo el trayecto, solo breves comunicaciones por radio irrumpen el incómodo viaje. Por otro lado, en el que se trasladan Bernard y Alessandro es más animado, aunque con un tosco ingles por parte de los sirios, conversan.

La destrucción del país se vuelve evidente cuando se acercan a la ciudad. Las ruinas se aprecian por todos lados, estaciones de servicios inutilizadas, edificios, escuelas, hospitales, mezquitas y casas derribadas por los constantes bombardeos, esqueletos de automóviles y tanques de guerra quemados, como si diferentes desastres naturales hubiesen castigado sin clemencia la zona, pero solo era el resultado de una guerra de años en la que los principales perjudicados eran los civiles inocentes. Alessandro graba y narra asombrado lo que ven sus ojos, haciéndosele difícil de asimilar el grado de desgracia.

—Esto es difícil de creer, si alguien te lo cuenta, piensas "Vaya pobre país", pero cuando lo ves en persona, cuando respiras el aire de destrucción y sientes la tristeza, cuando ves el dolor en los rostros, quizás puedas entender un cinco por ciento de lo que han y están pasando quienes aún viven en un lugar como este —dice el italiano para su cámara.

Bernard piensa mucho en lo afortunado que ha sido toda su vida y en el poco eco que hay en el mundo sobre lo que ocurre aquí, no comprende cómo es posible que nadie haya hecho algo para intentar terminar aquella guerra sin sentido, algo real, no politiquería barata.

—No te preocupes, la ciudad la tiene tomada nuestra gente. Aquí estamos seguros —afirma Bassam al ver el rostro serio de Can.

Aunque nunca deja de preocuparse por la seguridad, su seriedad no es por eso, sino por lo que presencia, por la impotencia de no poder hacer nada para ayudar, por la rabia que siente cada vez que ve una injusticia y para aquella no tiene palabras con las cuales describirla. Por lo que solo puede quedarse en silencio y respirar profundo.

Kamal, el piloto de la camioneta donde va Can se detiene y saluda en un punto de control rebelde. Se identifica, habla con dos de los soldados unos minutos y los dejan continuar.

—Vamos a detenernos en casa del tío de Kamal. Al parecer hay un grupo del Estado Islámico que se acerca por el norte y tienen artillería pesada, es peligroso intentar avanzar hasta Alepo en este momento. —informa Khaled.

—Solo será un par de horas. De una u otra forma nos marcharemos antes del atardecer porque no podemos pasar la noche y arriesgarnos a un bombardeo —asegura Bassam.

Se desvían por unas calles que al parecer en otra época fueron parte de una zona residencial de edificios y casas, ahora son caminos obstaculizados por las ruinas de escombros y basura. Edificios con una mitad destruida, otros caídos desde su base y enormes cráteres en el suelo productos de las bombas, recrean el peor escenario post apocalíptico imaginable.

Se detienen en una de las pocas viviendas intactas. Samir y sus compatriotas les piden que no salgan del coche, que no llamen la atención, sin embargo, no pueden evitar que Can y sus compañeros vayan a mirar de cerca. Khaled se le une a Can para servirle de traductor cuando este comienza a interactuar con un lugareño.

—Primero escuchamos el sonido del avión aproximándose, nos asustamos. Segundos después el sonido nos dejó sordos y el suelo tembló debajo de nosotros. —Señala una estructura completamente destruida—. En ese edificio vivían varias familias, muchos niños. Todos murieron. Muchos de los vecinos corrimos a ayudar e intentar encontrar a alguien con vida. Pero el avión regreso cuando lo hacíamos y soltó otra bomba. Fui uno de los pocos supervivientes —cuenta un hombre al que le falta una pierna, a través de Khaled.

Alessandro graba y presta atención aterrado por los relatos. Bernard se aleja un poco para tomar fotografías porque ya no soporta escuchar más. Varios niños le cuentan a Can que no van a la escuela desde hace años porque los aviones las destruyeron todas y que perdieron a muchos compañeros de colegio. Unos lloran muy tristes al hablar o al escuchar a sus amigos, reviven el dolor.

Media hora les basta para no querer seguir escuchando más historias, todos pasan a la casa del tío de Kamal. Comparten aperitivos y conversan sobre la historia del lugar.

—La región antes era controlada por Al Qaeda. Nos costó mucho trabajo y vidas tomarla. El ejército de Bashar nos bombardea todas las noches. Ya no quedan hospitales, escuelas o estaciones de servicio, ni funciona casi ningún servicio básico como luz, agua o internet —dice el dueño de la vivienda en una de sus intervenciones.

***

Esperaron varias horas y la situación solo empeoraba. Grupos del Estado Islámico asediaban con morteros una de las bases Rebeldes; por otro lado, había informes de tropas Kurdas yendo hacia el sur de la ciudad, de donde venían. No podían regresar de inmediato y tampoco podian quedarse por temor a un bombardeo por lo que Bassam y Samir decidieron que tenían que huir por la carretera hacia Alepo, era más peligroso quedarse que aventurarse por la peligrosa carretera.

En ese punto, Can, Bernard y Alessandro entendieron que no había marcha atrás, que completarán la misión que planearon llevar a cabo quisieran o no, tengan miedo o deseen regresar.

5:00 p.m.

Si el trayecto de una hora hacia Azaz fue incómodo, el de dos horas hasta Alepo lo es doblemente y más el nerviosismo e inseguridad por la alerta de grupos enemigos, es casi intolerable. Durante el camino, continuamente pasan por el lado vehículos con enormes armas en las partes traseras o camionetas con los cristales oscuros que podrían contener soldados armados, y no pueden estar seguros de a qué bando pertenecen. Al mismo tiempo, se escuchan por la radio a los rebeldes hablando alterados y gritando, disparos y explosiones. Todo sumado provoca miedo y un ambiente de pánico por la volatilidad de la situación, al punto de que Can acepta un rifle para poder ayudar a defender ante una amenaza. Alessandro y Bernard cruzan los dedos y rezan internamente, deseando nunca haber ido a Siria.

Ya el sol se ha ocultado casi por completo, la noche toma control y algunas luces comienzan a divisarse en el horizonte.

—Estamos llegando —avisa Kamal.

—En Alepo hemos perdido dominio de zonas importantes. Deberemos tener más cuidado al movernos —informa Bassam.

—¿No hay bombardeos en la ciudad? —pregunta Can con inquietud.

Khaled, quien va en el puesto de copiloto también interviene para calmar a Can.

147

—Tenemos un refugio antibombas, pasaremos la noche…

Tres disparos impactan en el parabrisas, solo una acierta, en el hombro de Khaled.

—¡Francotiradores! ¡Apaga las luces! —grita Bassam.

Kamal hace lo ordenado y se lanza bruscamente fuera de la carretera. Los de la otra camioneta rápidamente se percatan y los imitan siguiéndolos de cerca. Se comunican por radio para recibir más instrucciones. Can instintivamente se revisa en busca de una herida.

—Mantengan las cabezas abajo. ¿Estás bien, Khaled? —pregunta Bassam mientras lo revisa—. Entró y salió, es una herida limpia. Estarás bien. ¡Kamal, acelera! Comenzarán a buscarnos. Debemos llegar a la ciudad y dejar las camionetas.

Avanzan a toda velocidad hacia Alepo. Mientras lo hacen pueden ver las luces de unos vehículos que venían en sentido contrario por la carretera ahora metiéndose en la tierra para perseguirlos. Los fogonazos de los rifles no tardan en hacerse notar.

—¡Acelera! —grita Can.

—En dos minutos entraremos en la ciudad. Ahí los perderemos —informa Kamal.

Planean rápidamente el siguiente paso. Los conductores los soltarán en un callejón y seguirán conduciendo para despistar a los perseguidores, es la única manera.

Cuando llega el momento no hay vacilaciones ni despedidas, se bajan de las camionetas y se alejan para esconderse sin tener idea de cuál será la suerte de Kamal y Malik, el otro chofer, quienes arriesgarán sus vidas para darles una oportunidad a ellos.

Amparados por la falta de alumbrado eléctrico en la destruida ciudad, se separan en dos grupos y caminan mezclándose con los ciudadanos que comienzan a buscar refugio cuando numerosas patrullas y hasta tanques de las fuerzas del gobierno de Bashar se adentran para intentar capturar a los fugitivos, son escandalosos y sueltan disparos al aire. La tensión y el terror se apoderan de la población porque saben que no hay garantías de nada si hay algún enfrentamiento.

Alessandro está a punto de colapsar por el miedo y la presión de estar al borde de la muerte. No puede evitarlo y empieza a llorar. Bernard trata de calmarlo, pero es imposible, ya que él también lucha por mantenerse sereno. Can observa desde el otro lado de la calle, se siente superado. Sabe que necesitan encontrar alguien que les de refugio de inmediato.

Un señor de edad avanzada que observa a Alessandro y Bernard, se les acerca haciéndoles señas para que lo sigan. Samir y Khaled tratan de detenerlos, pero el desespero de estos por obtener resguardo los hace ignorarlos. Can va detrás de ellos cuando los ve que comienzan a moverse junto al anciano. Al darse cuenta de que cada vez son más los soldados enemigos y no tener una mejor opción, Bassam, Samir y Khaled siguen al turco.

El hombre se escandaliza al notar que son seis hombres, cuatro de ellos armados, pero se presenta como Hassan y los hace entrar. Los esconde en una fosa oculta dentro del depósito de su casa. Les pide que esperen en silencio hasta que él vuelva y que no salgan sin importar lo que escuchen porque solo empeorarían la situación. Can siente culpa porque vio a las tres mujeres y a los dos niños que había en la casa y que se ponen en riesgo por ellos.

El hueco es oscuro, muy pequeño para seis hombres y el oxígeno se consume más rápido de lo que se repone por las aceleradas respiraciones. A los minutos escuchan voces hostiles, golpes y cosas siendo lanzadas. "Están aquí", piensa Can nervioso; "Nos van a matar", se lamenta Alessandro;

"¡Mi Antonella!", recuerda Bernard para alejarse mentalmente del lugar.

—¡Nos informaron que unos hombres andan escondidos en su casa!

—Aquí no hay nadie más, solo mis hijas y nietos. Pueden entrar y mirar —responde el anciano.

Cuando comienzan a oír los pasos encima de ellos es cuando los seis sienten el verdadero terror. Objetos caen al suelo y más gritos se oyen, pero la calma vuelve después de unos instantes. Todos respiran profundo y dan gracias a los dioses en los que creen. El anciano se toma su tiempo para asegurarse de que no vuelvan. A la media hora y al no haber tanto movimiento militar en las calles, los deja salir.

Las hijas de Hassan fueron amables, les sirvieron algo de comida y agua, curaron la herida de Khaled y la vendaron. Alessandro se hizo amigo de los niños, con quienes juego y grabó divertidas escenas mientras se escuchaban detonaciones en la distancia.

Después intentan descansar.

—¿Vale la pena, Can? ¿No es una tontería todo esto que estamos haciendo? —pregunta Alessandro desanimado, antes de cerrar los ojos y recostarse en una pared para dormir.

—Solo lo sabremos al salir con vida y publicar todo el material. No detendremos la guerra, con suerte lograremos crear más consciencia de la inhumana situación que viven los sirios, en especial los niños.

—Cállense. Saldremos temprano y necesitan recuperar fuerzas —pide Bassam.

Capítulo 15

Las voces alteradas por las radios los despiertan.

—¿Qué dicen? —pregunta Bernard.

—Advierten que van a bombardear la ciudad, ordenan que todos vayan a los refugios o salgan de Alepo —informa Khaled con preocupación.

—Pueden caer en cualquier lugar, es una ruleta rusa —dice Samir.

Los megáfonos que todavía funcionan en las calles comienzan a advertir también que es posible un bombardeo inminente, piden a los ciudadanos buscar refugio. Bassam ordena salir de la casa porque la estructura está debilitada y no quiere quedar enterrado vivo. Alessandro enciende su cámara y les suplica, pero el anciano ni sus hijas quieren salir. Mientras lo discuten, escuchan un avión pasar sobre ellos. Una ensordecedora tremenda explosión muy cerca y su onda expansiva los hace tirarse al suelo. Tres más se sienten en los cinco siguientes segundos. Los niños y las mujeres lloran despavoridos.

Bassam se acerca a la puerta para salir, los cinco lo siguen con dificultad, sin tener claro qué harán al salir. Otro avión pasa y una nueva explosión los hace perder el equilibrio cuando esta provoca que el suelo tiemble. Observan inmutados como un edificio entero se desploma.

—Estaremos más seguros en la calle, túmbense donde puedan y no levanten la cabeza—dice Samir.

Al pasar unos diez minutos deciden levantarse, la orden de Bassam es largarse del lugar, aunque Can no puede oírlo, observa devastado los restos de una ciudad que se cae a pedazos. Fuego y humo salen de los lugares que fueron atacados, gritos desgarradores de dolor se escuchan a lo lejos.

—¡Can, debemos irnos ya! —grita Samir.

151

Alessandro se para al lado de Can, ambos se miran con los ojos húmedos y asienten. Bernard llega por el otro lado, le coloca la mano en el hombro.

—¿¡Qué hacen!? ¡No pueden ayudar a nadie! —vuelve a gritar Samir. —¡Van a hacer que nos maten!

Salen trotando hacia el lugar más cercano que fue afectado por una de las explosiones. Como pueden y con lo que tienen a mano, empiezan a ayudar a mover los escombros, a levantar a los heridos y a reanimar a otros que nunca vuelven a despertar. Trabajan desesperados intentando ayudar a los cientos de heridos que se acumulan en las calles: niños, mujeres, hombres y ancianos. Aunque tratan de concentrarse, los gritos y llantos en todas direcciones los perturban. Samir, Bassam y Khaled terminan uniéndoseles para apoyar a su gente.

Can lucha desesperado en el interior de un edificio destruido por reanimar a una pequeña niña que dejó de respirar y su corazón de latir. Ya no le importa el riesgo de que la estructura colapse y lo entierre vivo, ni un posible nuevo ataque ni que los soldados del ejército del gobierno sirio lleguen.

—Uno, dos, tres —dice y al terminar de hacer la compresión y dar respiración boca a boca.

Repite el ciclo una y otra vez sin descansar.

—Uno… dos… tres… Por favor, despierta. Uno, dos, tres. Vamos…

Sigue hasta que dolorosamente entiende que no puede hacer nada por ella, que ya se ha ido. La carga en brazos y acurruca el frágil cuerpo contra su pecho, pidiéndole disculpas. Can sale a la calle y la coloca sobre un pedazo de tela. Alessandro lo ve y le pregunta, pero Can no puede hablar. Ha sido demasiado, la realidad de Siria le ha superado, lo ha doblegado.

Se pone de pie y gira sobre sí mismo. No sabe qué debe hacer, necesita que los gritos paren, no quiere oírlos más, se encuentra perdido, hundido, desencajado. Entonces, el silencio lo inunda cuando sus ojos la encuentran. Allí está ella, devastada, confundida y en estado de shock, llora inconsolable. Jenna, busca algo desesperadamente cuando en ese instante cruzan sus miradas. Se quedan inmóviles, el mundo se detiene, ambos hallan luz entre tanta oscuridad.

Comienzan a caminar lentamente mientras esquivan inconscientemente todos los obstáculos, se acercan sorprendidos e incrédulos. No podía ser real, no así, no allí. Era la casualidad más hermosa en el peor momento y lugar del mundo.

Ella le toma de la mano y él le coloca la otra en su mejilla para limpiar una lágrima que se desliza por su mejilla. Están hipnotizados.

—¿Estoy soñando? —pregunta ella.

Can usa sus dos manos para tomar con firmeza el rostro de Jenna. Para poder mirla fijamente. La contempla absorto, perdido en esos preciosos ojos que había deseado volver a ver durante mucho tiempo y que ya creía imposible de encontrar nuevamente.

—¿Cómo es posible? —pregunta mientras la acaricia.

Jenna le pasa los dedos lentamente por la barba y labios, palpando cada milímetro.

—¿Eres tú? —cuestiona Jenna.

—Eso creo.

Can inclina su cabeza hacia ella para acercarse más, hasta que las puntas de sus narices se rozan. Jenna cierra los ojos y respira profundo.

—¿Can? No puede …— suelta un suspiro agotador.

—¡Jenna, Jenna! ¡Estás bien! —grita Ben, haciéndolos volver a la realidad y separarse.

Se aproxima a ella corriendo a toda velocidad y se abrazan con gran cariño.

—Pensé que te había pasado algo, pensé que te había perdido —dice Ben con alivio.

—Yo también, estaba enloqueciendo.

Can se mantiene callado. Ben se enmudece cuando lo reconoce.

—¿Can? —Se limpia mejor los ojos—. ¡Can!

Jenna se tiene que distanciar para que Ben pueda abrazar a Can, quien al principio no sabe cómo responder ante aquel arranque de afecto del estadounidense, sin embargo, le devuelve el abrazo.

—¿Estás bien, amigo mío? —pregunta Can.

—No me pasó nada. Solo estoy aterrado —dice y mira en todas direcciones.

Los tres los hacen. Hay más personas corriendo desesperadas, más víctimas y más caos que segundos atrás, empeora a cada momento. Alessandro, Bernard y los tres sirios se acercan.

—Can, ya no podemos ayudar a nadie más. Debemos irnos —dice Khaled.

—Samir y yo nos vamos. Tienen que decidir ahora mismo qué harán —advierte Bassam con seriedad.

Tres marines del ejército estadounidense llegan trotando al lado de Jenna y Ben. Los agarran por el brazo.

—Señores, nos marchamos ahora mismo. Nos informaron que Azaz también fue bombardeada, la tensión va a aumentar en todo el país. Fuerzas del régimen se aproximan y tenemos orden de evitar a toda costa entrar en combate.

"¿Azaz? Ese pueblo ya estaba casi en ruinas. ¿Cuántas personas inocentes van a seguir pagando por una guerra sin sentido?", piensa Can abrumado. Bernard se acerca al notar su cara de preocupación.

—Sé que no es fácil dejar a esta gente así, pero no podemos quedarnos. Es demasiado peligroso, podríamos ser una baja innecesaria en un conflicto que no es nuestro. Tenemos familias.

—Tengo más material del que quisiera. Es momento de regresar —agrega Alessandro.

Después de discutir con uno de los marines, Jenna se acerca a Can.

—Solo tengo un minuto. ¿Estás bien?

—¿Por qué nunca respondiste mis correos?

—No estaba segura de nada, lo siento Can.

—¿Ahora sí?

—No lo sé, pero el destino nos unió de esta manera. Debo irme de Siria y volver a Estados Unidos.

—¿Cuándo nos volveremos a ver?

—¡No podemos esperar más, nos marchamos! —Grita uno de los soldados.

—Lo hablamos por correo —responde mientras se aleja con Ben y los uniformados. Antes de perderse entre la multitud grita—: ¡Can, avísame cuando estés a salvo!

Can asiente y de inmediato se pone a conversar con su grupo para marcharse del lugar. Bassam logra comunicarse con Kamal, afortunadamente habían logrado escapar y esconder las camionetas la noche anterior.

Antes de irse al punto de encuentro pasaron por la casa donde encontraron refugio. Después de que Alessandro les insistiera mucho y darles dinero, aceptaron dejarlo todo e irse de su país. El italiano les dará refugio y trabajo en su viñedo de la Toscana, como forma de retribuirles haberlo salvado.

En media hora los recogieron en las afueras de Alepo para salir de Siria, junto a ellos y en otro vehículo, aquella familia bondadosa también partió con rumbo hacia una nueva vida.

***

El viaje de regreso fue doblemente tenso que el de ida, evitaron las carreteras principales y las paradas. Si bien hubo numerosos momentos tensos y de gran incertidumbre, lograron salir de Siria intactos físicamente. En gran parte del trayecto no hubo conversaciones que no fueran por la situación que los rodeaba. Can se mantuvo muy pensativo, tenía sentimientos encontrados. Lo que vivió en Alepo le impactó mucho; toda la desgracia y maldad que cayó ahí no tenía nombre, era incomprensible y perder a esa pequeña niña en brazos fue demoledor, pero reencontrarse con Jenna fue tan inesperado como increíble, le ayudó a sobreponerse en el peor momento.

Bernard y Alessandro no quedaron mejor que Can. Aunque quisieron capturar la realidad de Siria y lo lograron, el coste ha sido una experiencia traumática que solo podrán superar con el tiempo. En la mente del británico ronda una sola idea de peso, visitar la Toscana nuevamente y pasar tiempo con Antonella. Alessandro también quiere regresar a Italia, principalmente para cumplir su palabra y regalarle un nuevo comienzo a la familia siria. Ayudar le da un poco de paz y le aleja los perturbadores recuerdos de lo recién vivido.

Can y Jenna intercambiaron números por correo y desde ese momento empezaron a hablar por teléfono todos los días. Aunque todavía con cierto misterio por parte de Jenna.

***

Aeropuerto internacional de Estambul

Como en cualquier día de semana, el moderno aeropuerto está abarrotado de viajeros llegando y saliendo, solitarios o en grupos, apurados o en espera. Con cierta frecuencia ocurren reencuentros familiares, de amigos y de enamorados, acompañados de gritos y lágrimas de alegría que hacen contraste con los recuerdos de Alepo en la mente de Can.

Bernard, Alessandro, Hassan, sus hijas y nietos esperan el llamado para abordar el avión. Can también, para Argentina, pero solo se lo ha dicho a su padre.

—Bueno, aquí se termina una etapa y comienza otra nueva—dice Alessandro.

—¿Qué harás sin nosotros, hijo de Aziz?

"Pasajeros con destino a la Toscana, Italia, por favor dirigirse a la puerta de embarque número ocho", suena en los altavoces.

—Podré dormir bien —dice con humor—. Éramos prácticamente tres extraños en aquel bar de Islandia, y ahora… les echaré de menos, muchachos.

—¡Hermanos! —agrega el italiano.

—¡Hermanos! —dice Bernard.

—¡Hermanos! —finaliza Can y le da un abrazo a cada uno.

Los tres se toman una fotografía de recuerdo y los que tienen que abordar un avión con rumbo al país de los espaguetis y la pizza, se marchan. Can se queda solo esperando la salida de su vuelo. Se sienta en el suelo y comienza a observar todas las fotografías dentro de su cámara desde que llegó a Nepal para escalar el Everest.

Argentina

Capítulo 16

Día 1
Buenos Aires

La capital argentina luce maravillosa desde la ventanilla del avión. El brillo del atardecer le da un baño dorado a sus calles y edificios. Can está ansioso por llegar, necesita conocer bien la ciudad para saber cuáles son los lugares más espectaculares dónde llevarla. Según lo acordado, Jenna llegará dentro de dos días y se hospedará en el mismo hotel.

Mientras el avión busca pista para realizar el aterrizaje, Can se distrae mirando en su portátil unos de los documentales en los que Jenna fue la protagonista y Ben como siempre, el cámara. Ella siempre sonríe y hace su trabajo de manera muy profesional. En ese capítulo, están explorando unas tumbas egipcias, buscan el verdadero sarcófago donde fue momificada la hija de un antiguo faraón que tenía derecho real a ser la sucesora, pero fue traicionada y asesinada por miembros de la familia.

Can mira fijamente la pantalla y escucha cuidadosamente con sus auriculares la voz de Jenna. Está embelesado, deseando que las horas pasen rápido y poder tenerla para él.

—Señor, ¡señor! —suelta una azafata.

Reacciona y nota que son los únicos en la cabina.

—Discúlpeme. Me he distraído —dice sonriendo.

—No se preocupe, señor. Pero debemos desalojar la nave para proceder a la limpieza de este.

Al bajarse va directamente a buscar su maleta, no pierde tiempo en el aeropuerto y toma un taxi directo al hotel Hilton.

Esa noche organiza su itinerario del día siguiente, los lugares que visitará y los que dejará para hacerlo en pareja. Antes de dormir intenta comunicarse con Jenna, pero su teléfono se mantiene apagado todo tiempo. Sin embargo, no le da importancia, supone que debe haberse quedado sin batería.

Por otro lado, piensa mucho en Polen. En que debe decirle la verdad de sus sentimientos lo antes posible, para evitar que se ilusione más. Aunque es una mujer increíble, hermosa, perfecta en casi todo lo que hace, la que cualquier hombre desearía tener a su lado, no es para él porque su corazón está encaprichado con la dueña de unos ojos verdes.

Finalmente logra dormir cuando el cansancio vence a su cabeza llena de pensamientos.

***

Día 2

Durante toda la mañana y en repetidas ocasiones telefoneó a Jenna, las llamadas siempre acababan directas en el contestador. Algo de nervios aparecía en Can. La idea de que algo malo le hubiese pasado era muy apresurada, pero no la podía descartar. Le mandó correos electrónicos a ella y a Ben.

A pesar de la ausencia de respuesta de la que será su compañera de viaje y esperando lo mejor, decide continuar con lo planeado, comenzar a conocer la ciudad. Lo hará por los sitios más turísticos primero para dejar para lo último los mejores lugares.

A las nueve de la mañana llama un taxi y sale del hotel con dirección al Barrio Chino en Belgrano.

—¿Es de Turquía, cierto? —pregunta Hugo, el chofer del vehículo.

—¡Qué buen ojo que tienes! Soy de Estambul. Me llamo Can Divit.

—Los reconozco porque mi esposa también es de allí y me ha vuelto un fanático de las películas del cine turco, o como le dicen: Yelsicam. También hacen buenas series y telenovelas. Soy Hugo Solano, un placer. ¿No serás actor?

Can se ríe por la pregunta.

—Sí, es cierto, hacen buena televisión. No, no soy actor, soy fotógrafo. El placer es mío, Hugo. ¿Se casaron hace mucho?, ¿tienen hijos?

—Hace cinco años, tres pequeños angelitos. Fue todo un problema porque su familia no quería que un argentino y taxista, se llevara a una de las siete hijas de la casa.

—Pero lograste salirte con la tuya ¿no?

—Así es —admite sonriente—. Como me costó, pero valió la pena cada segundo de humillación ante los suegros. ¿Y tú no estás casado?

Sonríe con la idea, nunca ha gastado más de cinco segundos pensando en ello. Cree en el matrimonio como la mejor manera de unir a dos personas formalmente, pero nunca lo ha considerado para él. Mira su teléfono y sigue sin novedades de Jenna.

—No soy tan afortunado como tú, Hugo. Encontrar el amor verdadero, casarte y tener hijos no es tan sencillo…

—Pero estás enamorado, lo puedo ver en tu mirada.

—No sé si es la palabra adecuada. —Se queda callado por unos segundos antes de continuar—. Hay una mujer que me tiene loco. Pienso que ahora estamos bien, pero nunca se sabe.

—¿Te encontraras con ella en el Barrio Chino?

—Se supone que me encontraré con ella aquí en Argentina. Por eso vine desde Estambul.

El conductor comienza a reírse con ganas y sin control, soltándole leves manotazos al volante para descargarse.

—¡Can, ¿te puedo decir así? ¡Cruzaste el océano para venir a verte con ella! ¡Si eso no es amor, entonces no sé nada sobre él y soy un completo ignorante! No te preocupes, seguro pronto tendrás noticias sobre ella y yo mismo seré quien los lleve a pasear por las calles de Buenos Aires.

—Claro que puedes llamarme Can. Si me llevas por sitios bonitos, acepto —agrega Can con humor.

—Será todo un placer llevarte a los lugares más hermosos de mi bonita tierra.

—No se hable más.

Cuando llegan al Barrio Chino intercambian teléfonos y se despiden.

La popular zona de comercio está repleta de personas caminando con premura de un lado a otro, con bolsas colgando de sus brazos o comiendo algo de la variedad de dulces artesanales. Can comienza a recorrer con calma las amplias y luminosas veredas del lugar. Estas realzan la cultura e historia asiática del lugar en donde los chinos, los taiwaneses y los japoneses hacen vida desde la década de los ochentas. No importa lo poco o en qué dirección avanza, casi siempre se encuentra con un supermercado de diferente nombre, pero idéntica fachada, con sus góndolas plagadas de productos y manjares exóticos. Ofertas de todo tipo abundan por cualquier lado e invitan al consumo por lo económico.

Revisa su teléfono a cada cinco minutos sin darse cuenta. Sus pensamientos están copados con ideas inconclusas sobre las posibles razones por las que Jenna no aparece. No quiere preocuparse y tampoco quiere pensar mal, aunque le cuesta.

Termina la visita al Barrio Chino como se lo sugirió Hugo, almorzando en uno de los cientos de restaurantes de comida asiática.

***

Día 3

Se despertó varias veces en la madrugada por las ideas que no paraban de crecer en su cabeza. No durmió mucho y su estado de ánimo decayó. Comenzaba a preguntarse qué hacía allí, en un país sudamericano donde no conocía a otra persona aparte de un amable taxista. Como esperaba, no llegó ni un solo mensaje de ella.

El encierro en la habitación del hotel solo empeoraba su frustración. Por lo que llamó a Hugo para ir a visitar el Paseo de la Historieta, necesitaba aire fresco.

Lo esperó en la entrada del Hilton unos minutos, hasta que llegó.

—¿Cómo lo pasaste en el Barrio Chino? —pregunta para romper el hielo, al verle las ojeras y el semblante.

—Nada mal. Tomé algunas fotos y probé el pez globo como me dijiste.

—¿Qué tal? —pregunta curioso.

—Mortalmente delicioso.

En el trayecto Can se mantiene silencioso, por lo que Hugo coloca música turca de los discos de su esposa e intenta sacarle más conversación con cualquier tema, hasta que no le queda de otra opción que hablar de la mujer que había llevado a ese hombre hasta Argentina.

—¿No aparece la susodicha?

Can baja la mirada y respira profundo antes de responder. Normalmente no lo haría, pero necesita desahogarse con alguien.

—Nada, no aparece. Comienzo a creer que me ha dejado aquí tirado o es lo que quiero pensar. Porque si algo le pasó...

—No le ha pasado nada. Ya aparecerá. ¿Has llamado a sus familiares? ¿A sus amigos?

163

—No conozco a nadie de su familia. Solo tengo contacto con un amigo de ella que tampoco me responde los correos. Ya no sé qué hacer. Si irme o quedarme esperándola como un imbécil.

—Dale unos días. Si te vas y ella aparece, lo vas a lamentar.

—Necesito una explicación. Detesto no entender las cosas. Me he portado bien, siempre he sido sincero con ella. Vine desde otro continente. ¡No entiendo nada! —dice lo último con impotencia y frustración.

—Can, ¿qué te parece si te acompaño y luego vamos pasamos a tomar algo? Lo necesitas y a mí no me caería nada mal. Tres hijos no me dan mucho tiempo de relajarme.

Can siente un cierto alivio al escuchar la propuesta, no quiere estar solo en un país desconocido.

El Paseo de la Historieta, generalmente produce el efecto de un viaje en el tiempo hacia los mejores recuerdos de la infancia de muchas generaciones de argentinos. El paseo homenajea a los más recordados y queridos personajes animados del país: Mafalda, Anteojito, Clemente, Don Fulgencio, Patoruzú e inodoro Pereyra, entre otros.

Hacen el recorrido a pie, pasando por lugares tanto antiguos como modernos. Hugo no para de contar sus historias de la niñez y como veía parte de aquellos personajes en la televisión. Can toma algunas fotos.

Terminaron a las cuatro de la tarde y de allí partieron a un bar cercano donde comenzaron a hablar. Can probó y le gustó la cerveza argentina Quilmes.

—Espera un momento, Can. ¿¡Escalaste el Everest!? —pregunta impactado.

—Así es, hace unos meses. Fue toda una experiencia.

—Vaya que sí. ¿Hay que estar en forma para subir hasta allí?

—No te diré que cualquiera puede hacerlo, pero con un poco de preparación —agrega riendo.

—Entonces ahí la conociste.

Can le cuenta todo lo relacionado con ella, de principio a fin, sin que se le escape nada. Quiere una opinión imparcial que lo ayude a decidir qué hacer ahora. Desea volver a Turquía y tomarse una temporada en casa para olvidarse de todo; también necesita quedarse y aclarar todo lo relacionado con Jenna, para no volver a pensar en ella.

—¿Por qué ella? ¿Qué tiene? ¿Por qué no Polen? —pregunta Hugo ya algo mareado por la bebida.

—No tengo la menor idea. Solo sé que no paro de pensar en ella. Quiero saber qué le pasa, necesito entender sus misterios. Quiero ver esos ojos todos los días. Por otro lado, Polen es perfecta, pero cuando apareció en mi vida ya mi corazón había elegido a Jenna.

—No hay peor enamorado que el que no sabe por qué lo está.

Continuaron conversando y bebiendo hasta entradas las ocho de la noche. Si bien Can quedó un poco mareado por las Quilmes, Hugo fue completamente noqueado por ellas. Can pidió un taxi de la misma línea para que lo llevase a casa y a él al hotel.

***

Día 15
Casa de la familia Solano

Can se había hecho la idea de que no volvería a ver a Jenna, prácticamente la tachó, borró su número y dejó de mirar el correo. Por lo que llevaba mucho mejor su estancia en Argentina, volvía a tomar grandiosas fotografías y poco a poco recuperaba su estado de ánimo.

165

Desde hacía una semana vivía en la casa de Hugo, de quien se volvió bastante cercano mientras recorrieron gran parte de las provincias cercanas a Buenos Aires y visitaron los sitios turísticos más importantes.

Ahora cena con la familia, compartiendo la mesa de seis puestos con Hugo, Ayla su esposa y los tres hijos varones. La mujer preparó una comida típica de Estambul en honor a su invitado: los tradicionales *menemen*, un delicioso caldo de pollo y dolmas con salsa de zumo de limón, rellenas de arroz, carne y especias.

—Ayla, esto está delicioso —dice Can.

—Mi mujer no olvida sus raíces. Cada vez le quedan mejores las dolmas.

—Gracias, Can. Es un honor servirte en mi mesa.

—Pero, la próxima les cocinaré yo y esto no es negociable —advierte Can.

Como todas las noches, después de acabar la cena, Hugo se encarga de hacer que los pequeños se aseen y de acostarlos en la cama para ir dormir. Ayla y Can quedan solos en la mesa bebiendo la habitual taza de té antes finalizar el día. Ambos se han caído muy bien por provenir del mismo país y tener las mismas costumbres. Por lo que han compartido largas charlas en las que él le ha contado gran parte de su vida.

—¿Qué harás después de Argentina? ¿Seguirás viajando por el mundo y haciendo nuevos amigos?

—No he tenido tiempo de pensarlo.

—¿Tiempo? ¿O no has querido? —pregunta con una sonrisa amistosa.

Can también sonríe al saber que es cierto. Bebe un poco de té para aclarar la garganta.

—No he querido. De hecho, dejé de revisar mis mensajes y no sé si tendré algún trabajo pendiente.

—Debes volver a ser la persona que eres, el mismo Can Divit de hace un año atrás del que tanto nos has hablado. Nos gusta tenerte aquí. Mis hijos te adoran y sin contar a mí esposo. Hugo te admira y ve como a un hermano. Yo también te tengo mucho cariño y por eso quiero lo mejor para ti.

—Gracias, Ayla. Ustedes son muy importantes para mí y los quiero mucho. No solo me abrieron las puertas de su casa, también me dieron afecto, tiempo y compresión. Algo que nunca podré pagarles si no es de la misma manera. Te prometo que lo pensaré esta noche.

Escuchan a Hugo pelear y discutir con los niños, quienes no paran de gritar y corretear por la casa. Ambos se ríen cuando ven a uno huyendo desnudo de su padre.

—No esperaba menos de ti. Ahora debo ir con mi esposo y ayudarlo con las fieras.

Se levanta y le da unas palmadas en el hombro.

Can saca su teléfono cuando se queda solo en la sala. Lo mira fijamente un rato, decidiendo si encenderlo ahora o al acostarse. Lo enciende.

Su corazón se acelera al ver los muchos mensajes que van apareciendo en la pantalla, ninguno es de Jenna. Alessandro, Bernard y Tómas Smith llevaban algunos días intentando comunicarse con él. Era momento de volver al trabajo, parece que sus amigos le esperan en la República Democrática Congo.

Al revisar con más atención nota un correo de Ben. En este, él le informa que Jenna canceló el viaje a Argentina a última hora por un problema familiar y que tampoco ha sabido más nada de ella. Eso le regala cierta tranquilidad porque sabe que está bien y ahora la puede odiar sin sentir culpa.

Les responde a sus amigos y a Smith, y se suma al equipo que partirá en unos días.

***

Último día
Aeropuerto Ezeiza

Can se despide con mucho cariño de Hugo y su familia antes de abordar el avión con rumbo a la República Democrática del Congo. Le cuesta creer lo difícil que le resulta hacerlo y espera poder volver a verlos alguna otra vez.

—Siempre que vengas a Argentina, por favor llámanos —pide Ayla al tomarle la mano.

—Can, cuando te dejé entrar a mi casa veía a un hombre muy desafortunado al que quería ayudar; ahora que te vas de ella, lo haces como un amigo. Espero volverte a ver —dice Hugo.

—Claro que sí, amigo mío.

Todos lo abrazan y los niños se le montan encima. Al lograr calmar a las cariñosas criaturas, Can hace lo de siempre, coloca su cámara a distancia y captura el momento con sus nuevos amigos. Después estos lo ven partir hacia la puerta de embarque.

República democrática del Congo

Capítulo 17

Día 1
Ciudad de Goma

Durante el viaje en la pequeña avioneta hacia la ciudad de Goma, Can pudo apreciar los increíbles paisajes africanos. Llanuras interminables con manadas de animales corriendo libremente, bosques llenos de inmensos árboles y el majestuoso monte Nyiragongo, uno de los volcanes más activos del mundo. Hizo erupción en el año dos mil dos, dejando numerosas víctimas y grandes estragos. Can logró fotografiar su espectacular cráter donde la lava rojiza ardía ferozmente.

Desde que la aeronave se estacionó en la pista de aterrizaje, comenzó a sentirse sofocado. África es sinónimo de clima caliente, pero en esa zona de la república democrática del Congo, esta tiene temperaturas mucho más elevadas e intensas. Sumado al inclemente calor, las incontables moscas, zancudos y demás insectos, le intensificaban la fatiga produciéndole cierta desesperación por salir rápido de allí.

No pudo tomar un taxi porque no había ninguno disponible en ese momento en la zona del aeropuerto, que eran los que dominaban un poco el idioma inglés. Por lo que caminó al menos una hora hasta el centro de Goma en busca de un negocio donde se encontraría con un tal Stevens, un norteamericano que trabaja transportando personas o mercancía en el interior del país. Alessandro y Bernard habían llegado a la ciudad de Butembo dos días antes que él.

Las calles principales eran las únicas pavimentadas, el resto eran de tierra y piedras. Como esperó, la pobreza resaltaba por cualquier rincón. Casas y negocios en precarias condiciones, personas desnutridas y mal vestidas, niños solitarios deambulando en busca de alimento o una limosna que los ayude a comer algo, otros escarbando en la basura que abunda por doquier para mandarse algo al estómago.

Muchas motocicletas dominaban la zona y pasaban a cada momento creando un ambiente escandaloso. La mayoría de los hombres lo miraban con recelo y a veces le decían palabras en distintos idiomas que él no entendía, manteniéndolo algo tenso y alerta.

Después de beberse casi dos litros de agua y caminar demasiado, encontró el negocio de Stevens. "Él único negocio de color rosado y con letras en inglés. No puedes perderte", recuerda Can de su última conversación con Alessandro.

Pasa al interior del local. El cuadro que se encuentra le resulta un poco llamativo; un ventilador en el techo es todo lo que ayuda a combatir el intenso calor, hay muchas cajas de madera selladas, desordenadas y diseminadas por el sitio. Una mujer joven de piel muy oscura detrás de un mostrador y doce hombres blancos bien armados con vestimenta militar. Estos se lo quedan mirando fijamente, sin moverse. Gotas de sudor descienden deslizándose por las frentes de todos los presentes. Lo único que hace ruido son los rodamientos del viejo ventilador que rechinan cíclicamente.

Intenta hablar con ellos en inglés, turco y francés. Nadie hace algún gesto amable, se mantienen inmóviles, pero sin quitarles los ojos de encima y sin mostrar intenciones de querer conversar. Después de unos incómodos segundos para Can, ellos comienzan a hablar y reírse en un idioma que él desconoce.

—¡Bah! Seguro debe haber otras personas que me puedan llevar a Butembo. Y mejores —suelta Can obstinado, cansado y ya algo molesto. Nadie ha sido amable con él desde que llegó al país.

171

Se da la media vuelta para marcharse.

—¡Sí, hay otros! ¿Mejores? No creo, señor Divit —dice Stevens al salir de un cuarto en la parte trasera.

—Debes ser Stevens —dice Can aliviado.

—El mismo. Alessandro me avisó de que llegarías hoy. Disculpa a mis socios, están entrenados para combatir y sobrevivir, no para socializar.

—¿Es seguro el camino? —pregunta Can intrigado.

Stevens respira profundo primero y le ofrece una cerveza bien fría, Can la acepta sin pensarlo. Le parece la ofrenda perfecta en esa situación.

—Hay muchos conflictos armados en toda la república, pero son mayores en esta zona debido a todas las riquezas naturales que brotan de la tierra. Grupos rebeldes, cazadores, mercenarios de otros países, crimen organizado y hasta los miembros del ejército del gobierno, quieren tomar una tajada y no les importa la vida de quien esté en el medio.

—No sabía que fuera tan peligroso —dice y se bebe hasta el fondo la cerveza.

—Lo es, pero no te preocupes. Nosotros tenemos trato con muchos de los grupos. Ellos no se meten con nosotros ni nosotros con ellos. Pagamos unas modestas sumas en sus puestos de vigilancia y nunca tenemos problemas.

—Es bueno saberlo. No quiero más problemas. Solo necesito llegar a Butembo cuanto antes. Aquí tengo los…

Stevens lo detiene antes de que saque el dinero, le pide que no haga eso en público para evitarse volverse blanco de los numerosos delincuentes.

—No podremos salir hoy, ya es muy tarde. Son alrededor de veinte horas en camión. Claro, si no nos encontramos inconvenientes en el camino. Partiremos poco antes del mediodía de mañana.

Terminan de ponerse de acuerdo con el pago y Stevens le ofrece quedarse en su casa a pasar la noche, no era muy seguro que un turista anduviera buscando dónde hospedarse. Can acepta.

***

Casa de Stevens

La mujer de piel oscura es una ruandesa llamada Nasha, es la esposa de Stevens. Esta lo invita a cenar con ellos algunos platos típicos del país: Ndakala, pescado seco de tamaño pequeño; loso na madesu, arroz con verduras; y Mbembe, caracoles cocidos. Lo sirven en platos de madera, comen con las manos y para acompañar le dan vino de Palma.

Al principio dudó un poco por el aspecto de los caracoles, sin embargo y por estar acostumbrado a comer platos exóticos, comió de todo y no dejó nada. Mientras compartieron la mesa Nasha le contó cómo se enamoraron Stevens y ella.

—En el dos mil doce se desató una guerra feroz aquí en esta ciudad. Los rebeldes del M23 nos invadieron y sacaron a los soldados del gobierno por la fuerza. Eso fue una masacre, cualquiera podía morir con una bala perdida o por la explosión de un mortero. Miles huyeron, pero yo no. Ya había huido de un conflicto similar en Ruanda donde toda mi familia fue asesinada, no volvería a hacerlo. Decidí quedarme sin importar cuál fuese mi destino… —Nasha se detiene y se queda mirando a Stevens con los ojos brillosos, él la mira de la misma forma, completamente enamorados. Can lo nota y sonríe al sentir un poco de envidia. Sabe que cuando un hombre tiene la dicha de que su mujer lo mire así, no hay más tesoros que buscar en el mundo porque ya lo tiene todo. "Quizás solo así dejaría de viajar tanto", piensa para sí.

—Discúlpame, Can —pide al salir de la burbuja—. Un día unos rebeldes nos secuestraron junto a un reportero canadiense. Nos iban a ejecutar a todos porque el gobierno de ese hombre no quiso negociar. Entonces apareció Stevens junto a un comando especial para liberar al canadiense. No tenían que ayudar a nadie más, pero decidieron hacerlo.

—No podía dejarlos ahí para que fueran ejecutados sin ninguna razón.

—Veo que valió la pena —agrega Can.

—Ahora mucho más —dice ella acariciándose la barriga.

Stevens asiente con una gran sonrisa. Can se alegra por ellos y los felicita a ambos ofreciendo un brindis. Poco rato después todos se van a acostar. Le asignan un pequeño cuarto en el segundo piso que también funciona como depósito de armas.

A pesar de tener la ventana abierta no entra mucha brisa. La cama es incómoda y suena a cada movimiento que Can da para acomodarse. Y para completar la difícil noche, comienzan a sonar tambores y música muy cerca.

Se levanta a mirar por la ventana, pero solo logra divisar una fogata y las sombras de las personas que bailan alrededor de ella. Lo hacen con gran energía y liberando gritos. Le parece asombroso cómo la gente puede celebrar e intentar ser feliz sin importar la situación en la que están viviendo. Le parece admirable.

Con la conexión *Wifi* de Stevens, logra conectarse a internet para comunicarse con sus amigos. Habla con Alessandro y Bernard, estos le prestan poca atención por encontrarse en una especie de celebración, se puede escuchar la bulla por el auricular. Quedan en verse al día siguiente en un hotel en Butembo y empezar los preparativos para ir al parque nacional Virunga.

Lo medita mucho porque no sabe muy bien qué tanto podría afectarle encontrar un mensaje de ella, pero revisa el correo electrónico. Se queda sin palabras cuando ve que hay más de veinte correos de Jenna. Si bien pasan algunas ideas en su cabeza, no siente nada, ni rabia ni curiosidad. Quizás algo de satisfacción, pero por el mismo hecho de ya no sentir emociones por eso. Selecciona todos los mensajes y sin leerlos, los elimina.

Después de hacerlo siente algo de paz y esta trae consigo al esquivo sueño.

***

Día 2
10:00 a.m.

Can escucha atento las indicaciones de Stevens junto a otros cinco pasajeros y a los hombres del norteamericano. Están sentados en la parte trasera de un camión de transporte militar.

—Tomaremos la única vía desde esta parte del Congo hacia Butembo, el número dos. Son poco más de doscientos kilómetros de ruta, tardaremos aproximadamente veinte horas por la dificultad del trayecto. No es el camino ideal, pero no hay más opciones. Si tienen alguna pregunta deben hacerla en este momento.

Nadie pregunta nada y los militares se montan. Dos camiones más se les unen con más soldados y personas, para ir en caravana.

Es curioso como los hombres armados producen dos sensaciones tan opuestas al mismo tiempo: seguridad e inquietud. Los viajeros se sienten seguros con la protección, pero la posibilidad de que tengan que ser protegidos los mantiene en suspenso.

Can ya más aclimatado a la caliente temperatura y ya completamente despreocupado por Jenna, aprovecha para sacar buenas fotografías, hablar con los aldeanos y de disfrutar la nueva experiencia.

Por la ruta queda el volcán Nyiragongo hacia un lado. Los que no lo habían visto lo contemplan, Can lo contempla una vez más.

Conoció numerosos poblados —Rutshuru, Rwindi, Mulinga, entre otros— llenos de casas hechas de completamente madera, otras de barro, algunas de una mezcla de ambas. Vio hermosos paisajes y a los numerosos camiones cargados de carbón, que movían el negocio que estaba acabando con el habitad de los gorilas de montaña.

No habría incidentes y en diecinueve horas llegarían a Butembo.

Capítulo 18

Día 3
Butembo
Hotel Bogolo

Alessandro y Bernard lo esperaban en el humilde restaurante del hotel, comiendo sopa de caldo de pollo y bebiendo vino de palma. Usaban gafas oscuras y lucían cansados. Cuando vieron a Can fueron a él como dos hermanos menores reencontrándose con el mayor. Abrazos y malos chistes.

—¡Apestan a alcohol y mujerzuelas! —suelta Can mientras les roba comida—. ¿Dónde pido? Me muero de hambre.

Alessandro le hace señas a un camarero y piden algo para Can.

—Fue una gran fiesta la de anoche con los lugareños, pero yo me porté bien. Hay algo que no sabes —dice Bernard al mismo tiempo que mira a Alessandro y este esquiva la mirada.

—Cuéntamelo todo, hijo del duque de Beaufort. Quiero saber en qué han estado ustedes dos.

—Alessandro es oficialmente mi cuñado.

Can explaya los ojos y luego suelta una gran carcajada. Toma por el hombro al callado Alessandro.

—No me lo puedo creer. ¿En serio? ¿Y...? ¿Cómo...? —Can no puede aguantar las ganas de reírse por la expresión del italiano, quien no luce contento, pero tampoco disgustado.

—No sé cómo lo hizo, si la drogó o vete tú a saber...

—Es una mujer que sabe lo que quiere, cuñado. Es fuerte, decidida, inteligente, hermosa y está llena de vida.

—Más te vale cuidarla, Bernard o mis vinos se teñirán del color de tu sangre —dice serio.

177

Los tres se quedan en silencio por unos instantes hasta que Can revienta en carcajadas, son tan fuertes que otros comensales comienzan a mirarlo extrañados. Conversan y bromean de lo mismo mientras terminan de comer.

Luego se enfocan en la misión por la que están allí, los gorilas de montaña.

—Tomás esta vez quiere algo sencillo, no tendremos que meternos en problemas ni nadie se montará sobre el lomo de un animal salvaje —informa Bernard.

—Fotos y videos. Será algo tipo documental. Tomás me dio mucha información que ya estudiamos Bernard y…

—Tu cuñado —interrumpe Can.

Alessandro respira profundo y continúa.

—Tenemos todo listo. Solo debemos hacer lo nuestro y darle todo el sentimiento que podamos. Por sugerencias de mis seguidoras y seguidores, creé una fundación sin fines de lucro para recaudar fondos y ayudar a salvar especies.

—Me parece una idea brillante, Alessandro. Vamos a lograrlo. ¿Tienen todo listo no? ¿Cuándo partimos? ¿Acamparemos allí?

Bernard se pone de pie y responde.

—Mañana temprano nos vienen a buscar los guardaparques. Como conocen los motivos por los que vamos, ellos nos darán un lugar donde dormir dentro de sus cabañas los días que necesitemos. Vamos a descansar, muchachos. La resaca me está matando. Esta tarde podemos ir a dar una vuelta para que Can conozca un poco la ciudad.

A Can le parece una grandiosa idea ir a descansar. Se encuentra exhausto, en el camión no logró dormir ni mucho ni bien. Cada uno se marcha a su habitación sin rechistar. No salieron en la tarde, ninguno se levantó.

En la noche se reunieron para ultimar detalles y conversar un poco. Le preguntaron qué hizo el mes que estuvo prácticamente perdido. Can les contó lo ocurrido con lujo de detalles, ya no le pesaba y no tenía por qué ocultarlo. Alessandro y Bernard le recomendaron dejarlo así, no darle más vueltas y que no fuera tonto, que pensara en Polen.

***

Día 4

Muy temprano por la mañana llegan dos jeeps a la entrada del hotel. Varios guardaparques armados y con chalecos se bajan para buscar a los tres extranjeros. Estos ya están preparados con el equipaje necesario para la aventura. Alessandro graba emocionado el acontecimiento y los rostros de Bekele, Gogo y Jahi, sus guías y protectores.

El trayecto hasta la entrada del Parque Nacional de Virunga, el más antiguo de África, es de alrededor de una hora y media. Al principio este transcurre con tranquilidad y silencio, pero pronto necesitan comentar las asombrosas cosas que observan a medida que se adentran en él y la emoción en ellos no para de crecer. La diversidad de la fauna y la flora es increíble, colorida, llena de vida por cualquier lado. Enormes e imponentes árboles se alzan como edificios de ciudad, tapando completamente la vista al cielo; los cantos de las aves se escuchan en todas direcciones; los animales revolotean dentro de la majestuosa selva. Can y Bernard fotografían sin parar mientras luchan con los vaivenes de los jeeps, Alessandro le narra todo a su videocámara.

Gogo y Jahi bromean con ellos mientras Bekele, el líder, se mantiene pendiente de todo.

—Cuando vean los gorilas van a enloquecer —dice Gogo con un inglés pésimo.

—¿Cuándo los veremos? —pregunta Bernard.

179

—Posiblemente hoy, si el clima nos deja. Últimamente ha estado lloviendo mucho y la jungla es muy traicionera cuando está mojada.

—Los verán cuando los vean —dice Bekele con tono serio.

Llegan a la zona de residencias del parque y conocen al resto del equipo de guardaparques de la zona sur, donde viven estos arriesgados héroes. Quienes luchan y arriesgan su integridad a diario por la preservación del parque y sobre todo por la de los gorilas de montaña. De los poco más de cuatrocientos que todavía viven allí, pero que están bajo una seria amenaza de extinción.

Son personas muy amigables y aunque no todos logran entender el inglés, sonríen mucho y están prestos a colaborar por medio de señas o de las traducciones de sus compañeros que conocen mejor la lengua.

Les dan una cabaña para los tres.

Apenas dejan sus cosas salen para dar un reconocimiento a la zona e intentar ver algún animal, conseguir fotografías y grabar.

Caminar en la selva es una aventura apasionante para ellos. Van por senderos pequeños que de repente se abren espaciosamente, llenos de arbustos y árboles con largas lianas. Los ruidos y cantos de los pájaros hacen eco en todo el lugar. El color verde vivo predomina.

Están emocionados, no pueden parar de observar en todas direcciones y tratar de aprender más de lo que los rodea. Gogo y Jahi intentan responder las imparables preguntas de Can mientras también le explican a la cámara de Alessandro.

Fotografían algunas especies como culebras, arañas, aves y hasta creyeron ver a un escurridizo leopardo, pero Gogo les dijo que era poco probable en esa zona del parque.

Avanzan una hora y media cuando comienzan a ver los primeros simios, una manada de chimpancés en lo alto de los árboles. Enloquecen porque entienden que se están acercando a los gorilas. Les toman muchas fotografías desde diferentes ángulos.

Bernard intenta darles comida, pero Jahi no lo permite, ya que los chimpancés pueden ser engañosos con su temperamento y por lo general son agresivos.

Desafortunadamente una torrencial lluvia se desata y todos tienen que volver para refugiarse.

—Es una completa lastima. Un poco más y llegábamos a un asentamiento donde usualmente hay una familia de catorce gorilas —cuenta con pena Jahi.

Aunque Can y compañía se lamentan, saben que tendrán más días para hacer el trabajo y tener el privilegio de observar a los gorilas de montaña en su hábitat natural, libres y salvajes. Gogo les pide que tengan cuidado por donde pisan para evitar la mordida de alguna serpiente o resbalarse y caerse por un barranco. La selva con clima soleado es peligrosa, con lluvia lo es mucho más.

Alessandro se detiene en seco cuando cree oír algo, lo que resulta difícil con el gran ruido que produce la lluvia que cae a chorros desde las hojas de las copas de los árboles.

—¿Lo escucharon?

Todos se miran entre sí sin entender de qué habla el italiano. Alessandro vuelve a preguntar mientras se concentra más.

—Sí. ¿¡Hay elefantes aquí!? ¡No puede ser! Nunca he visto uno libre —suelta Bernard.

Can se emociona e intenta escucharlo, pero no lo logra. Jahi les confirma que también lo ha oído, pero a su vez les recuerda que deben volver al campamento. Alessandro lo vuelve a oír y no presta atención a las indicaciones. Saca un protector para su cámara y comienza a grabar al mismo tiempo que narra con excitación. Esperaban ver elefantes en cualquier parte de África menos allí, en una selva.

—¡Lo escuché! Es verdad —exclama Can sonriendo por la agradable sorpresa.

Pega brincos intentando lograr encontrar alguno, lo que es casi imposible por la infinita cantidad de árboles y la frondosa vegetación.

—Cuando llueve siempre se escuchan sus trompetas. Lo hacen porque están felices. El agua es vida para ellos —informa Gogo, también alegre.

—¿Cómo los encontramos? —pregunta Alessandro mientras intenta subir por un tronco, sin éxito por la lluvia y lo resbaladizo de la superficie.

—Busquemos un poco —solicita Bernard.

—Debemos volver —dice Jahi algo preocupado por el clima.

El guardaparques es ignorado por los tres extranjeros, quienes comienzan a intentar coordinarse guiándose por los sonidos que hacen eco en todas direcciones. Cuando intentan avanzar para salir en busca de los gigantescos animales, escuchan la detonación de un disparo y se quedan petrificados. Aparece Bekele, junto a otro de sus hombres. El líder parece molesto y camina hacia ellos.

—Jahi, Gogo, ¡es momento de volver! —ordena Bekele—. Si ellos quieren quedarse es su problema. Ningún hombre bajo mi mando se va a arriesgar por el capricho de unos extranjeros.

Al mismo tiempo, Bekele les notifica que llegaron informes sobre un grupo rebelde que han sido avistados por la zona noreste del parque. Can, Alessandro y Bernard entienden los riesgos, dejan la desobediencia y vuelven junto al grupo.

En una hora llegarían al campamento.

El resto del día continuó lloviendo a cántaros, por lo que tuvieron que resignarse a esperar dentro de las cálidas cabañas. Comieron, hablaron, jugaron a las cartas, apostaron dinero, bebieron unos tragos y finalmente cuando ya no quedaban energías ni ganas de hacer algo más, se acostaron a dormir.

A Can le costó un poco conciliar el sueño por la culpa de los incontables truenos y relámpagos que aparecieron en la noche. Los sonidos fuertes e imprevistos le recordaban el bombardeo en Siria y todo el daño que provocaron.

***

Día 5

La mañana los recibe con un impresionante cambio de clima. El sol se levanta desde muy temprano y los rayos que se logran filtrar por las ramas de los árboles comienzan a calentar la empapada vegetación. Los pájaros vuelven a cantar, los animales salen a buscar comida y la selva recobra su vida en todo su esplendor.

Apoyado en las barandas del patio trasero de la cabaña, Can toma un delicioso té caliente junto a Bernard mientras admiran la belleza de la naturaleza y esperan a que el italiano decida levantarse de la cama para hacer al segundo intento de encontrarse con los gorilas. El turco usa una fina camisa color caqui y sus abalorios favoritos, el británico está sin camisa exhibiendo orgullosamente su físico.

—¿Alguna vez te pasó por la cabeza que la vida de traería a un lugar como este? —pregunta Bernard con mirada melancólica.

—Nuestras mentes son incapaces de imaginar el plan que se ha trazado para nuestros destinos. Somos ignorantes en la complejidad del universo. Ni siquiera somos jugadores en él, somos espectadores. —Se toma un momento de silencio—. No, no imaginé jamás que tendría una vida tan increíble.

—Yo nunca me imaginé vivir esto—dice y le guiña el ojo a Can—. Que el destino me haría hacer cosas con tanto valor para mí. Intento luchar por los que no pueden hacerlo por sí mismo y eso me llena como persona, como hombre.

—Después de tantos años por fin dejas de ser un completo imbécil. Se podría decir que comienzas a actuar como una persona normal —afirma con humor—. ¿Y vas en serio con Antonella?

La mirada de Bernard cambia y sus labios se curvan para luego sonreír al recordarla. Está completamente enamorado de Antonella Santoro. Al verlo así, Can lo comprende sin necesidad de que le diga algo.

—Estoy loco por ella. No es solo su gran belleza, delicadeza y su hermosa piel, es mucho más. *Mía bela* lo tiene todo: es enóloga profesional y quien se encarga de supervisar las fórmulas, el añejado, conservación y comercialización de los vinos de las empresas de la familia; es una mujer fuerte y completamente independiente, no necesita a nadie; y lo que más adoro de ella es su humildad.

—Lo que a ti te hace falta.

—¡Exacto! Nos complementamos.

—¿De qué hablan? —pregunta Alessandro antes de liberar un enorme bostezo.

—De que eres el mejor cuñado del mundo —responde Bernard y lo levanta por la cintura montándoselo al hombro para darle vueltas—. Espero que no tengas problemas cuando me mude a tu casa en la Toscana para estar cerca de tu hermana.

—Primero te casas, cavernícola. Bájame u ordenaré que te disparen cuando te acerques a cualquiera de mis propiedades.

Can sirve un poco de té en otra taza, espera que Bernard lo baje para dársela y saludarlo.

—Buenos días, princesa. Está recién hecho. Perdóname por no habértelo llevado a la cama y despertarte con un beso— dice Can con voz burlona.

Escuchan el sonido de varios Jeeps llegar por la parte delantera de la cabaña. Los tres rodean la propiedad para averiguar de qué se trata.

A Can se le acelera el corazón y se queda paralizado al no poder creer lo que sus ojos están viendo.

—¿Esa no es…? —pregunta Bernard.

—Sí, es Jenna —responde Alessandro.

Capítulo 19

Can la mira fijamente sin todavía poder creerlo, Jenna baja sus maletas del jeep mientras conversa en francés con los guardaparques. Ben revisa que todas sus cosas estén completas. Bernard y Alessandro observan con atención las expresiones de su amigo, entienden que debe estar alterado por la situación que tiene en frente.

—¡Can! —grita Ben al verlo.

El simpático cámara suelta su equipaje en la tierra y trota hacia la entrada de la cabaña. Cuando Jenna también se da cuenta de la presencia de Can, traga saliva porque sabe que no será fácil contentar a ese hombre y le sonríe con la ilusión de poder lograrlo, pero no consigue ninguna reacción de él. Quien se mantiene observando inmóvil, ya que no tiene idea de qué hacer, nunca se esperó algo semejante. Ella toma valor y también deja lo que hace para ir a saludarlo.

Primero se les presenta oficialmente a Bernard y a Alessandro mientras Ben abraza a Can.

—No pensé volverte a ver tan pronto, pequeño amigo —dice Can amigablemente al corresponderle el abrazo, le tiene cariño a Ben—. ¿Qué te trae por este lugar?

—Yo sí esperaba volverte a ver, es de lo único que hablaba Jenna todos estos días y me alegra que sea en mejores circunstancias que la última vez.

—Cierto que también estuvieron en Alepo. ¡Qué suerte que lograron salir ilesos de ese infierno! —dice Alessandro.

—Vaya casualidad encontrarse con alguien conocido en un lugar como Siria —agrega Bernard.

"Demasiada", piensan Can y Jenna mientras se miran en silencio.

—La suerte no tuvo nada que ver. Fue gracias a los soldados de nuestro país, sin ellos no lo hubiéramos logrado —dice Jenna.

Se acerca hasta quedar a medio metro de Can, mirándolo fijamente. Él no se mueve. Se molesta consigo mismo por no dejar de admirar su belleza, como sus ojos brillan por la luz del sol que se reflejan en ellos.

Bernard le aprieta el brazo y zarandea a Alessandro por la emoción y la incertidumbre de lo qué puede ocurrir. El italiano también contempla en silencio y le pasa el brazo por encima del hombro a Ben, quien chupa una piruleta con la mirada puesta en su compañera.

—¿Podemos hablar? —pregunta Jenna.

Can tiene muchos sentimientos encontrados, quiere odiarla, pero no puede; le molesta que ahora que estaba tranquilo y no esperaba nada más de ella, tomara la decisión e iniciativa de ir a buscarlo hasta este lugar tan alejado y peligroso del mundo, lo que a su vez le parece realmente encantador y un gran esfuerzo por su parte. Sin embargo, no puede perdonarle que haya desaparecido y no tuviera la delicadeza de advertirle que no iría a Argentina.

—Esa puerta se cerró cuando salí de Buenos Aires. Espero que hayas venido por trabajo, para que tu tiempo —responde Can.

Aunque inmediatamente cree que quizás fue demasiado duro con ella, se marcha hacia el interior de la jungla para que nadie lo moleste, necesita pensar. Todos se quedan mirando sin decir nada. Jenna baja la mirada y suelta un suspiro, comprende que le va a costar mucho recuperarlo. Alessandro se acerca y le coloca la mano en el hombro.

—No tengo idea de qué excusa le darás, pero viniste hasta aquí, hasta la República Democrática del Congo desde los Estados Unidos. Ya tienes ganado un cincuenta por ciento del perdón. Confía en mí.

—¿Tú crees? —pregunta Jenna.

—La verdad es que no. Can es una de las personas más orgullosas que he conocido, no tolera los engaños o mentiras

—dice Bernard—. En la universidad dejó a la mujer más hermosa de todo el campus solo porque ella le mintió para irse a la fiesta de una fraternidad cuando él se quedó estudiando. Yo la hubiese perdonado, solo fue una tontería de adolescentes.

—No me perdonará nunca...

—Pero lo intentarás, es lo que importa —afirma Alessandro guiñándole el ojo y regañando a su compañero con la mirada.

Él y Bernard les ayudan a llevar el equipaje hacia una cabaña cercana. Ben les cuenta que Jenna convenció a su jefe de que los enviaran hasta allí con la promesa de que tendrían suficiente con el presupuesto para luego también irse a Sudáfrica a hacer un nuevo documental sobre la batalla contra los cazadores furtivos que están diezmando la población de elefantes y rinocerontes. Básicamente copiando el plan de ellos.

Can caminó tanto y envuelto en sus pensamientos, que presto muy poca atención al trayecto que hacía, y ahora se siente perdido. Todo es de color verde y los mismos árboles parecen repetirse en cualquier dirección. Antes de entrar en pánico, respira profundo para meditar su siguiente movimiento. Recuerda la brújula incrustada en su cuchillo de caza, pero no está en su bota porque no salió preparado, apenas tomaba el té de la mañana cuando apareció Jenna. Por lo que decide que su mejor opción es rastrear sus propios pasos.

Con mucha concentración y prestando atención a todo lo que lo rodea, logra encontrar el primer rastro, unas ramas frescas pisoteadas, después divisa sus pisadas sobre un terreno húmedo. Ahora que sabe por dónde debe regresar se toma su tiempo y se sienta sobre la raíz de un gigantesco árbol.

"¿Qué voy a hacer contigo, Jenna?", se pregunta mientras saca sus piedras de amuleto. Las observa como si esperase que estas le dieran una respuesta.

Una parte de él desea volver a la cabaña, tomar a esa mujer y besarla hasta el cansancio, pero la otra parte, la del orgullo, no se lo permite. Dejarlo solo en un país lejano al suyo y sin siquiera llamarlo para explicarle, no tiene perdón.

De repente escucha un sonido muy cerca. Levanta la mirada para ver de qué se trata, logrando divisar a un extraño animal detrás de unas lianas a unos cuantos metros. Can se sorprende por la rareza de este. Lo primero y más llamativo son sus piernas blancas que por las rayas negras parecen de cebra, su parte superior tiene una gran similitud con la de una jirafa.

—¿Qué cosa más rara, que eres? —pregunta entretanto se pone de pie con mucha sutileza, para no espantarlo.

El animal lo mira detenidamente y pasta al mismo tiempo.

—No te muevas —pide.

Le quita el protector a su cámara y se dispone a fotografiarlo. Lo rodea mientras le toma más de cuarenta fotos desde cualquier ángulo, acostado, de rodillas y de pie.

—¿Puedo tocarte? —Avanza a paso lento—. ¿Sí? No me vayas a morder o por lo menos no en la cara.

Deja de pastar y levanta su cuello, superando por mucho la estatura de Can, quien sonríe de la emoción, por el majestuoso y raro animal. Muy lentamente acerca su mano hasta que finalmente puede sentir la textura de su corto pelaje entre la yema de sus dedos.

—Qué hermoso eres.

Recibe las caricias y se arrima un poco más hacia Can para que este continúe. Can lo toma delicadamente por el hocico y se miran a los ojos.

—¿Cómo es posible que existan personas capaces de hacerle daños a criaturas así?

El animal pone sus enormes orejas de punta al captar un sonido y gira buscando algo. Can le pregunta qué ocurre, encuentra la respuesta cuando nota a tres más de la misma especie a unos treinta metros.

—¿Tienes familia verdad? Aprovechaste para pegarte una escapadita, pero debes regresar. Tus hijos te necesitan.

Lo acaricia un poco más y lo ve partir con sus semejantes. Lo fotografía y se despide contento por el momento que aquella criatura le regaló.

Decide regresar, no quiere retrasar más el paseo programado para encontrar a los gorilas ni el trabajo del grupo. Aunque no está seguro de cómo lidiará con Jenna, confía en su buen juicio para llevar el control de cualquier situación.

***

10:00 a.m.

—Es un Okapia. Son muy raros de ver y más en manadas —dice Gogo al ver las fotografías en la cámara de Can.

Bernard también echa un vistazo con celos por no haber tenido la oportunidad de ver a la criatura y sacar sus propias fotos. Alessandro le pide que lo lleve al lugar donde lo encontró para intentar correr con la suerte de que siga en los alrededores y grabarlo.

—Son animales que se mantienen en movimiento, podemos ir, pero ya no estarán por la zona —dice Jahi.

Ben, Jenna, el líder y doce guardaparques más se acercan a ellos para iniciar la excursión selva adentro. Bekele advierte que existe una pequeña posibilidad de encontrarse con el grupo rebelde proveniente de Uganda, algunos cazadores o mercenarios. Mientras el hombre sigue hablando sobre los peligros y riesgos, Jenna observa a Can en todo momento, de forma descarada para que él lo note. Él se da cuenta y lucha exitosamente contra sus ganas de girar a verla, logrando ignorarla.

—Ya sabiendo todos los riesgos, pueden quedarse o volver a la ciudad —dice Bekele. Nadie habla ni se mueve. Él prosigue—: De acuerdo. Lleven solo el equipo necesario. Todos iremos juntos, pero separados en dos grupos. Ocho van con los americanos de NatGeo, los demás vienen conmigo y el trío de europeos.

Recordando el susto que se dio esta mañana punto de perderse, Can se asegura de tener todo su equipo de supervivencia y su cámara.

Comienzan el recorrido por la espesa selva muy animados. Cada uno concentrado en su objetivo. Los fotógrafos en busca de una toma más increíble que la anterior. Alessandro no suelta su videocámara ni para de hacer los comentarios de todo lo que va viendo y observando. Ben y Jenna graban junto a los guardaparques, quienes explican a la cámara de NatGeto la situación de los gorilas de montaña en Virunga.

—Según datos de la World Wildlife Found, quedan alrededor de ochocientos ochenta gorilas de montaña en el mundo. Según los nuestros, al menos la mitad viven aquí en el Parque Nacional Virunga. En el parque Bwindi de Uganda hay cerca de trescientos ejemplares —relata Kenia, la única mujer en el equipo de guardaparques.

—Kenia, ¿cuál es la peor amenaza para su supervivencia? —pregunta Jenna.

La uniformada se ríe un poco. Con su dedo índice va señalando a todos los presentes, uno a uno hasta terminar en ella misma.

—El hombre es su principal amenaza y la de todas las especies del planeta.

A medida que avanzan durante dos horas sin señales de gorilas, la trabajadora cuenta la historia del parque que fue fundado en 1925 por el Rey Alberto I de Bélgica con la intención de proteger a los emblemáticos simios; sobre los conflictos de la República Democrática del Congo y de los países fronterizos que han causado estragos en la fauna; y también acerca de los peligros de su trabajo, en quince años han sido asesinados más de ciento cincuenta guardaparques en Virunga.

La humedad de la selva ha ido aumentando junto a la temperatura, por lo que el agotamiento llega más rápido a los menos acostumbrados a ese tipo de clima. Las quejas y dolencias no tardan mucho en volverse constantes. Ben es uno de los más afectados por su físico poco entrenado.

Gogo y sus compañeros sacan los machetes para abrir camino por la densidad de la vegetación, se adentran en territorio menos visitado por los humanos, por donde merodean los primates.

—¿Leíste mis correos? —pregunta Jenna agarrando a Can por el brazo mientras tienen un poco de privacidad.

—No, los borré.

—¿Me dejarás darte una explicación?

Can se detiene para hablarle de frente.

—No me interesa lo que tengas que decir sobre el tema. El pasado quedó atrás, lo de Argentina es historia. Si quieres hablar de gorilas o cualquier cosa que ocurra aquí, sin problema. De lo contrario mantengamos las distancias —dice y se aleja antes de que diga algo. Ver su mirada triste ya es demasiado.

Los bajos ánimos y el cansancio cambian con el primer avistamiento de un joven gorila. Bekele es quien lo ve y avisa. Les pide a todos su mayor atención para encontrar al macho alfa de la familia de simios.

—El macho alfa puede atacar si cree que somos una amenaza para su grupo. Identificarlo nos ahorrará problemas y evitará una desgracia.

Los sonidos de los gorilas comunicándose entre sí comienzan a escucharse en los alrededores y con más frecuencia a medida que transcurren los segundos. Las advertencias de Bekele para que estén alertas, producen nerviosismo en la mayoría.

—¡Mirar allí, lo veo! ¿Es de lomo gris no? —pregunta Bernard exaltado y disparando fotografías a discreción.

El grupo completo enfoca su atención donde señala el británico. Fácilmente divisan al gran gorila de lomo plateado parado sobre un tronco a cuarenta metros de distancia, vigilando a su familia. La impresión que les produce es enorme, los deja sin palabras al principio. Alessandro y Ben graban cuidadosamente. Jenna le habla a la cámara con la voz baja. Bernard se abre paso entre la vegetación para acercarse más y tener mejores tomas. Sin saber que se adentra en terreno peligroso.

—¿Qué hace ese lunático? No puede entrar al territorio de un macho alfa de esa manera. Que alguien lo detenga. Los demás no se muevan—ordena Bekele nervioso y revisando su rifle para un caso de emergencia.

Can suelta su cámara y va en busca de su amigo con rapidez. Jenna, asustada trata de retenerlo tomándolo por la camisa, pero esta se rompe por la velocidad.

—¡Posa para mí! —exclama Bernard.

Después de dos fotos más el gorila lo mira y gira su pesado cuerpo para quedar alineado a él. En ese momento Bernard se da cuenta del peligro que corre. El animal baja del tronco con un poderoso salto y queda al nivel del suelo. Ambos se miran directo a los ojos; uno claramente asustado y el otro midiendo a su adversario.

Con el corazón acelerado Bernard da un cuidadoso paso hacia atrás, el gorila da tres veloces en dirección a él.

—¡Ayúdenme! —suelta sin dejar de mirar al animal que comienza a dar más pasos mientras golpea su pecho con brusquedad y emite sonidos amenazadores.

Los demás simios de todas las razas y tamaños también gritan salvajemente. Dos gorilas más salen de unos árboles para unirse a su líder. Bekele y sus hombres preparan sus armas para intentar asustar a los gorilas si continúan acercándose.

—No te muevas e imita todo lo que yo haga —susurra Can al ponerse a su lado.

Ambos se arrodillan mientras ven como el gorila alfa seguido de sus betas aumentan la velocidad y ferocidad en dirección a ellos. Aunque muy asustado por sus amigos, Alessandro se mantiene grabando.

—¡Al aire! —grita Bekele.

Todos sus hombres sueltan un disparo hacia arriba, pero los gorilas no disminuyen su velocidad y aumentan sus terroríficos gritos. Jenna llora al imaginar lo que podría ocurrir, alguien va a morir; ellos o los animales.

—Imítame o estaremos muertos —suplica Can.

Baja la mirada, levanta su brazo y abre la palma de su mano en señal de sumisión.

—No disparen aun —dice Bekele a sus hombres, sudando de los nervios mientras apunta a los animales.

El macho alfa llega a metros de ellos. Los huele, los rodea y los empuja. Caen a la tierra, pero rápidamente vuelven a la misma posición de sumisión. El animal se golpea el pecho y resopla fuerte por la nariz. Bernard aprieta los párpados y reza para que todo termine rápido. Can respira profundo, luchando por no dejarse llevar por el pánico.

Se mantienen completamente inmóviles. El gorila se sienta al frente de ellos, viéndolos detenidamente hasta que luego de tres eternos minutos se aburre y vuelve con sus secuaces al lugar donde estaba.

Cuando creen estar a salvo, se levantan y vuelven corriendo con el grupo. Ambos sienten que volvieron a nacer. Bernard le da sus más sinceros agradecimientos a Can por haberse arriesgado al ir con él.

Bekele quería regañarlos, pero entendía que el susto ya había sido más que suficiente. Jenna insultó a Can por haber hecho una estupidez de tal magnitud.

Se quedaron una hora más grabando y documentando todo lo referente a los simios. Con mucho respeto y poco a poco, lograron ingresarse en el territorio de los gorilas. Jugaron con los más pequeños, quienes curiosos, se acercaban a ellos para conocerlos.

—¡Es hora de regresar, el clima se está poniendo feo! ¡Recojan todo! —ordena Bekele.

Can se pone nervioso cuando no encuentra una de sus dos piedras de amuleto de la suerte. Les pide a todos que lo ayuden a encontrarla, es un trabajo casi imposible al tratarse de una selva y por el tamaño de la zona que recorrió caminando desde que llegaron a esa parte del parque.

—Estoy seguro de que se me cayó cuando el gorila nos tumbaba al suelo.

Después de diez minutos de intensa búsqueda, Bekele advierte que no pueden esperar más porque la lluvia caerá pronto.

Aunque dudando un poco si será capaz, Can le dice que pueden irse y que él regresará solo.

—Márchense, podré volver solo. No se preocupen por mí, no me pienso ir sin mi piedra.

Le insisten numerosas veces que es una muy mala y estúpida idea. No solo por lo traicionera que es la selva y por la lluvia que se viene encima, también por la posibilidad de encontrarse hombres armados. Bernard y Alessandro piden quedarse con él, pero Can alega que solo le retrasarían, que lo mejor para todos es que marchen y le dejaran buscarlo a solas.

Cuando todos se van y siente el peso de la soledad en una jungla llena de sonidos y criaturas salvajes, aparece ella mirándolo y sonriéndole.

—¿La buscamos? —pregunta Jenna.

Capítulo 20

No sabe si molestarse por su atrevimiento o agradecerle por quedarse y acompañarlo, a pesar del riesgo que implica. Por otro lado, prefiere estar solo. La jungla no es un lugar seguro, cuidarse él mismo ya es difícil por la cantidad de variables en un ambiente en el que no se puede controlar nada, agregarse la responsabilidad de velar por el bienestar de ella solo lo complica y retrasa.

—No deberías estar aquí, es muy peligroso. Vámonos, creo que todavía podemos alcanzarlos —dice Can y comienza a caminar.

Jenna se queda de pie, no se mueve ni muestra intenciones de hacerlo. Can le vuelve a suplicar que deje la terquedad y regrese junto al grupo que no debería estar muy lejos.

—No te irás sin la piedra y yo no me iré sin ti, no otra vez.

Can se detiene, sube la mirada y suelta un suspiro mientras observa a unos pelicanos en las copas de los árboles. Quiere deshacerse de ella y al mismo tiempo tiene deseos contradictorios de que se quede. La mira sin saber qué hacer.

—No me iré sin ti —repite e intenta cogerle la mano.

Can no la deja tocarlo y toma distancia. Ella lo vuelve a intentar.

—No es necesario que me ayudes, pero si lo vas a hacer no tenemos que estar agarrados de la mano. Hay que darse prisa porque va a empezar a llover y tardaremos dos horas en regresar.

Jenna quiere arreglar las cosas con él, lo intenta, pero parece imposible, ni siquiera le deja explicarle los motivos por los que no pudo ir a Argentina. Comienza a perder las esperanzas.

—¿Por qué es tan importante la piedra? —pregunta levantando la mano para tocarle el rostro, se detiene al verle la fría mirada.

—Eso no te concierne. Lo único que debes saber si quieres ayudarme, es que es de color negro, idéntica a esta —dice y le muestra la blanca.

—¡De acuerdo, Can! ¡Busquemos la bendita piedra para poder largarnos de aquí! —dice ya algo molesta.

Lo hacen minuciosamente, revisando cada metro cuadrado. Cuanto más avanzan más imposible parece la tarea. Hay miles de piedras en todo el lugar y demasiada vegetación que puede tapar lo que sea. Can por momentos se la queda mirando, aún sin creer que de verdad están en el parque Virunga, juntos pero no revueltos. Jenna hace la búsqueda de mal humor, a veces suelta patadas por la frustración, lo que causa gracia en Can.

—¿Cuándo me dejaras explicarte, Can?

—Sigue buscando, Jenna.

Una banda de pequeños gorilas se acerca a Jenna. La agarran por los dedos. Ella se inclina y se sienta encantada de tenerlos tan cerca. Sujetan su cabello, tocan su brazo y rostro. Jenna sonríe maravillada.

—Pequeños angelitos —dice y los acaricia.

Can buscaba concentrado por la tierra cuando ve la escena; una de las pequeñas criaturas le daba una flor y ella la recibía con asombro, su rostro lucía como el de una pequeña niña al ser maravillada por algo increíble. No puede resistirlo y tiene que capturar el momento. La fotografía y no le importa que se dé cuenta. Jenna, aunque apenada, le sonríe al notarlo porque siente que algo está haciendo bien y quizás haya una esperanza.

—¿Qué tienes ahí? —pregunta a uno de los pequeños gorilas al verle una de las manos.

El inocente animal la abre y le enseña una piedra negra. A Jenna le brillan los ojos. Intenta calmarse para no asustarlo. Le habla con suavidad, pero este esconde su mano por detrás de la espalda.

—Tiene la piedra —susurra a Can.

—Calla que lo asustas.

Aunque no lo cree posible, se acerca con precaución y sutileza.

—A ver, pequeñín. Abre esa manita —pide Can.

El animal lo mira con atención y sale pegando brincos nada más sentir que Can se acerca. Jenna intenta capturarlo y falla, cayendo a la tierra. Rápidamente se pone de pie y junto a Can tratan de agarrarlo.

—Vamos, chiquitín. Tu no la necesitas. Hay miles de piedras iguales.

—¡Devuélvela, pequeño bastardo! —suelta Jenna exasperada, pero sonriendo inmediatamente al ver la cara de asombro Can.

Ambos ríen a carcajadas mientras el gorila espera emocionado para seguir con el juego. Can coordina con ella para ir por dos flancos. Se acercan lentamente hasta que el macho alfa de la manada ruge. Los pequeños animales se asustan y lanzan la piedra hacía unos arbustos. Jenna se apresura al lugar.

—¡Demonios! —suelta Jenna al resbalarse y caer por un barranco rodando varios metros hacia el fondo.

—¡Jenna!

Can ni siquiera lo medita, se lanza detrás de ella sin importarle su propio bienestar. Ruedan juntos, se golpean con ramas, piedras y troncos, pero milagrosamente no hay huesos rotos. Jenna comienza a reír desenfrenadamente.

—¿Estás bien? —pregunta Can al arrastrarse a su lado quedando cara a cara. Ella no para de reír y lo contagia, terminando ambos partidos de la risa.

Mientras se miran a los ojos van calmándose poco a poco, concentrándose el uno en el otro, pensando en todo y en nada, en lo que deberían hacer y en lo que no, intentando adivinar lo que hay en la cabeza de quien tienen al frente. Él se olvida por completo de la piedra que tanto le importa, la que ella logró retener en su mano.

—¿Has pensado en lo afortunados que somos por estar aquí? —pregunta ella.

—¿En el fondo de un barranco a dos horas de lo más parecido a la civilización?

—Sí, ¿Podría ser mejor?

—Solo si empezara a llover...

Al terminar la frase las primeras gotas a aterrizan en sus rostros, provocando de nuevo un sinfín de carcajadas. Ríen con ganas y de forma escandalosa, olvidando donde están y el pasado.

Jenna acerca su mano al rostro de Can y la abre lentamente hasta que se hace visible la piedra de luna negra.

—¿Por qué no fuiste?

—No pude. Tuve problemas familiares.

—¿Por qué no me avisaste? ¿Qué problemas? Tienes que contármelo todo si quieres que pueda perdonarte.

—¿Y si no quiero que me perdones y solo quiero que empecemos de cero? Aquí, ahora, en este momento, en esta selva, bajo esta lluvia. —dice y le acaricia el rostro.

—Eso no podrá ser, me has hecho mucho daño Jenna, me has fallado.

—Está bien, te lo diré cuando me sienta preparada. Solo te pido que tengas paciencia.

No le convence mucho la idea, pero no quiere discutirlo más, comienza a tener frío y supone que ella también. Se le acerca más. Aunque quiere besarla y nota el mismo deseo en ella, no puede hacerlo sin aclarar un detalle más.

—Solo júrame que ningún hombre tuvo algo ver con que no fueras a Buenos Aires —pide mientras le limpia una gota de lluvia que le invade un ojo y la mira fijamente para descubrir si le mentirá.

—Fue un problema familiar...

—Sigues sin negarlo.

—Ningún hombre por motivos amorosos fue el motivo de que no llegase a Argentina a encontrarme contigo. Perdóname por no haber ido. Era lo que más deseaba.

Quiere creerle, pero no se siente conforme.

—No sé nada de ti, eres un completo misterio para mí y eso me come por dentro, me gustaría concerté mejor.

—¿Qué quieres saber?

—¿Por qué no te hablas con tu familia? Ben me contó que no hablas con tu madre ni hermana.

Ella guarda silencio un instante, buscando la mejor manera de contarle uno de sus karmas más dolorosos, uno que nunca le ha contado a nadie por decisión propia.

—Tuve un novio en el colegio, duramos casi doce años. Nos comprometimos e íbamos a casarnos. Estaba enamorada. Dos días antes de la boda, él se escapó con mi hermana menor. Me partió el alma, pero lo más doloroso no fue eso, sino que mi madre sabía lo que estaba pasando y me lo ocultó —confiesa y deja salir una lágrima que se une a otra gota de lluvia.

Can la limpia y besa su frente. Comprende que quizás no debe forzarla a hablar y que lo mejor sería ir poco a poco con ese tema.

—Dime tus gustos, tus hobbies. Lo que más odias, lo que amas.

—Me gusta…

Jenna suelta un grito y pega un brindo sobre Can.

—¡Algo me picó, algo me picó, Can!

Se ponen de pie velozmente y sin necesidad de tener que buscar mucho, encuentran a la víbora a medio metro de donde estaban. Can la espanta con un palo. Sin demorarse más de cinco segundos, le revisa la pierna y encuentra la mordedura. Nervioso, comienza a succionar el veneno y a escupirlo. Jenna tiembla del miedo y de frío, sabe que están a horas de conseguir ayuda.

—Te estoy sacando todo el veneno. Vas a estar bien, no tienes que preocuparte —dice Can. Más para convencerse a sí mismo que para Jenna.

Esta le dice que se siente mareada y necesita sentarse. Él se mantiene chupando sin descanso hasta que nota que ella está a punto de perder el equilibrio. Can la carga en brazos y con apremio busca un lugar seguro donde dejarla descansar. Las gruesas ramas a baja altura de un gigantesco árbol lucen perfectas para evitar estar al nivel del peligroso suelo. La monta y nota como nacen pequeños temblores en su cuerpo por el frío, quizás también por el veneno.

Can está asustado, sabe que la clave de la sobrevivencia es siempre intentar pensar con claridad y nunca permitirse caer en pánico. Debe encontrar la manera de protegerla de los elementos. Busca muchas ramas y las coloca como techo para desviar el agua de lluvia. Dentro de su bolso tiene dos camisas. Le quita la blusa a Jenna, usa una de sus camisas para secarla y la otra para vestirla.

Se sienta al lado de ella y la abraza para darle algo de calor.

—No te puedes dormir, preciosa. Tienes que ser fuerte por favor.

—Los párpados me pesan mucho, Can... ¿Cómo me llamaste? —pregunta con la voz débil, pero sonriendo.

—Preciosa. Eres mi preciosa.

—Lo soy, ¿verdad?

—Sí, pero debes mantenerte despierta. Cuéntame tu aventura más especial. La más memorable de todas.

Jenna, aunque débil, se inspira a contarle sobre un viaje que realizó en sus tiempos de adolescente. Donde conoció El Gran Cañón, dio su primer beso y tuvo una loca experiencia con el alcohol.

202

Can la dejó descansar, confiaba en que había logrado extraer mucho del veneno y a cada momento miraba el estado de la mordedura, estaba hinchado, pero no demasiado y la piel casi no se amorataba. Tuvo leves síntomas de fiebre que Can combatió con compresas improvisadas. La lluvia no cesó, solo bajó un poco su intensidad al llegar el atardecer y era muy peligroso intentar regresar de noche por la jungla.

Aprovecha que ella duerme para mejorar el techo de ramas y busca hojas grandes con las cuales arroparse ambos, recolecta agua y pedazos de madera menos húmedos para poder hacer una fogata, también consigue algunas frutas para comer algo y subirle el azúcar a Jenna.

Poco antes de caer el anochecer y cuando ya la fogata está encendida, Jenna abre los ojos, confundida al inicio al verse la ropa y no encontrar a Can. Aunque rápidamente comienza a recordar lo sucedido y a comprender la situación en la que se encuentra. Se revisa la mordedura. Está vendada y muy poco hinchada, se ve mejor.

Nota el buen techo sobre ella que la cubre de la lluvia, las enormes hojas que funcionan como cama y sábana más una fogata que le brinda un calor muy reconfortante. A su lado encuentra una concha de coco que sirviendo como plato guarda en su interior varias frutas.

—No sabía qué frutas te gustaban, así que traje todas las que encontré por las cercanías —dice Can al regresar con más leña.

—Me gusta esta camisa. Gracias por salvarme la vida, Can Divit.

—Gracias a ti por haberte quedado y ayudarme a encontrar mi amuleto.

Jenna le dice que tiene frío y le pide que se acurruque con ella. Can no lo piensa. Primero la arropa completamente con las hojas que llevó para combatir las bajas temperaturas, Jenna se ríe por la dedicación y meticulosidad con la que la cubre, le parece adorable. Después se recuesta al lado de ella y le pasa un brazo por encima del cuello. La jungla está en completa oscuridad y la lluvia se mantiene, la fogata es lo único que proporciona luz y calor. Comen y conversan con gran tranquilidad.

—¿A quién saliste?, ¿a quién te pareces más, a tu padre o madre? —pregunta ella.

—¿Por qué lo preguntas?

—Por todo. Lo que haces, la manera en que siempre ayudas a las personas arriesgando tu propia vida, por cómo me arropaste con tanta perfección, por tu alma de viajero.

—Todo lo bueno que tengo y mis pocas virtudes son gracias a mi padre, el señor Aziz. Es el mejor hombre que conozco —dice con orgullo y con melancolía.

—¿Y de tu madre?

—No quiero hablar de ella. No es un tema agradable...

Ella le coloca una cereza en la boca para que deje de explicar de lo que no quiere hablar y le cambia el tema a cosas más simples; gustos, colores y comidas favoritas, hobbies, primeros amores, miedos, mejores momentos, amistades.

Pasan el resto de la noche conversando hasta quedarse dormidos por el cansancio, Jenna sobre el pecho de Can y él rodeándola con sus dos brazos. La lluvia fue incesante y junto a los ruidosos animales ambientaron la romántica velada en Virunga. Fue entonces allí, en ese lugar y en esas condiciones, donde estos dos enamorados pasaron una de las mejores noches de sus vidas. Logrando dormir en paz, con la tranquilidad que no conciliaban desde hacía mucho tiempo. Ahí, desprotegidos ante la naturaleza y completamente solos, encontraron un rato de absoluta felicidad, en el que no importaba más nada que ellos dos, el pasado no pesaba, el futuro no les angustiaba.

***

El sol salió temprano y el cielo despejado empezaba a calentar. Can y Jenna son despertados por los pequeños gorilas, quienes volvieron más curiosos que la última vez. Les pellizcaban los cabellos, los toquetearon y chillaron cerca de ellos.

Jenna toma la cámara de Can sin que se dé cuenta y lo fotografía jugando con los traviesos animales. Él se queja diciendo que no está acostumbrado a que le hagan fotos, pero no puede evitarlo y termina posando junto a uno de los gorilas que bautizaron con el nombre de Bingo.

—¿Nos vamos? —pregunta con cierta decepción al notar que Can recoge las cosas.

—A menos que quieras que vivamos como Tarzán y Jane, debemos irnos y aprovechar que tenemos el sol de nuestro lado.

—Como Tarzán y Jane no, como Can y Jenna.

Jenna lo ayudó a guardar todo, le tomó de la mano y comenzaron la caminata para regresar el campamento. El trayecto lo disfrutaron a lo grande y se tomaron su tiempo para conocer mejor el parque, fotografiaron espectaculares escenarios en las que Jenna fue la musa. Se bañaron en un riachuelo donde vieron unos hipopótamos. Alimentaron aves y le robaron algunas flores al bosque.

Llegaron al mediodía, cuando los guardaparques y sus amigos se preparaban para ir a buscarlos. Recibieron quejas y regaños. Aunque se disculparon, no les prestaron mucha atención por el buen humor que tenían. Estaban demasiado felices y no pensaban dejar que nada les arrebatara eso, les había costado.

Volvieron a incursionar en el parque tres veces más. Convivieron y obtuvieron mucho material sobre los gorilas; también lograron grabar la captura de dos cazadores furtivos

205

que buscaban la carne de gorila para satisfacer el pedido exótico de un jeque árabe.

Cualquier tensión en el grupo por la mala relación que tuvieron Jenna y Can al principio, cesó. Estos después de aquel regreso se unieron mucho, haciendo casi todo juntos. Consultándose hasta las decisiones más insignificantes, como qué comerían. Llegando al punto de empalagar a los demás.

***

Último día
22:00

Jenna lleva dos tazas de té y se sienta al lado de Can. Están solos en una fogata cerca de las cabañas, la mayoría duerme.

—¿Ahora qué? —pregunta ella.

—¿Sudáfrica no?

—¿Vendrán con nosotros?

—No sé ellos, pero yo no pienso volver alejarme de ti. Iré a donde tú vayas.

A Jenna se le dibuja una enorme sonrisa y se sonroja. Le encanta Can, lo respetuoso y sincero que es.

—Saldremos mañana —informa Jenna.

—Así será.

Sudáfrica

Capítulo 21

Día 1
Base de la fuerza aérea. Hoedspruit, provincia de Limpopo

Los cinco llegaron a la base militar sudafricana en un avión de carga estadounidense que iba con ayuda humanitaria. La hospitalidad americana les proporcionó un viaje ameno y entretenido a Bernard, Alessando, Jenna, Ben y Can.

Dos camionetas todo terreno con el logo de los guardaparques del Parque Nacional Kruger los esperan cerca de la pista de aterrizaje.

Cuando todos bajan son recibidos por los amables hombres, quienes los ayudan a bajar los equipajes.

—¡Mumba! —grita Jenna al reconocer al joven guardaparque.

Corre hacia él y salta en sus brazos. Se abrazan con cariño y conversan emotivamente, hacía cinco años de la última vez que se vieron. Can se presenta junto a sus amigos. Ben educadamente saluda al jefe de todos, Sharik, un sudafricano de casi cincuenta años que ha dedicado toda su vida a la preservación de los animales en Sudáfrica. Es muy respetado por todos y temido por los cazadores furtivos, es un hombre de temple de acero que hace lo que sea necesario para que el trabajo se cumpla.

Después de las formalidades, se montan en los vehículos y emprenden la ruta hacia la zona privada del Parque Nacional Kruger donde descansarán el resto del día en una antigua finca de caza que ahora funciona como hotel.

—Mañana iremos a visitar a la manada de Iky. Seguro que te reconoce, Jenna —dice Mumba.

—¿¡Qué!? Muero por volver a verlo. ¿Ya tiene familia? —pregunta Jenna emocionada.

—¿Qué animal es Iky?

—Un león —dice Johari, otro de los trabajadores del parque.

—¡Sí! Lidera una manada de ocho leones. Después de estar a punto de perder la vida, se recuperó y ahora tiene su propia descendencia —responde Mumba.

Can asiente sorprendido por las asombrosas cosas que va descubriendo de Jenna, quien lo comienza a mirar de manera bonita.

—¿Dónde está Kibo? No lo he visto. Quiero verlo, me debe una botella de amarula. ¿Se quedó en el parque? —cuestiona Jenna mientras dirige su mirada a la camioneta que va detrás.

Todos guardan silencio hasta que Jenna deja de buscar y se da cuenta de las caras serias.

—Ya no está con nosotros —dice Mumba bajando la mirada.

Jenna se entristece con la noticia y sus ojos enrojecen, aunque trata de ocultarlo. Se sienta al lado de Mumba y le regala un abrazo sincero. Después de aquel momento el recorrido se mantuvo en silencio en el vehículo.

Por otra parte, Bernard y Alessandro conversaban mucho con Sharik, lo fotografían y graban todo mientras le entrevistan sobre de su carrera y la situación actual del parque. Están muy animados de conocer Sudáfrica.

Apenas entran en la reserva de animales salvajes más famosa de Sudáfrica, son maravillados por los magníficos paisajes que gozan de inmensas llanuras en las que se pueden apreciar a lo lejos a numerosas manadas de criaturas. Una pareja de jirafas son el primer contacto cercano con la exótica fauna del lugar. Can y Bernard piden detener los vehículos y se lanzan a fotografiarlas. Después, con ayuda de los experimentados guardaparques logran interactuar con ellas. Las tocan y alimentan emocionados. Alessandro le da su cámara a Ben para que grabe por él mientras conoce a las gentiles jirafas que se dejan acariciar. Jenna también se les une junto a Mumba. Sharik se mantiene sobre el techo de un vehículo vigilando la zona con sus prismáticos.

Se fueron de allí y continuaron hasta llegar al hotel. Después de comer fueron a ver el atardecer, ya llegando a su final, se fueron a descansar en sus habitaciones para recuperar las energías después del largo viaje. La de Jenna y Can eran contiguas. Las cabeceras de sus camas compartían la pared que separaba sus cuartos. Se llamaron por teléfono antes de dormir, Jenna fue la primera en rendirse ante el cansancio.

Can recibió un correo electrónico de Polen, donde ella mostraba cierta preocupación por el distanciamiento que se estaba formando entre ellos. Cada vez eran menos sus conversaciones y en ocasiones pasaban casi dos semanas sin saber nada el uno del otro. Decidió dejarlo para después, en ese momento no tenía cabeza para solucionarlo y las ganas de dormir le superaban.

***

Día 2
Parque Nacional Kruger

Los amaneceres en África son de los más espectaculares en el mundo. El sol comienza su ascenso desde muy temprano, pintando la tierra y el cielo de un anaranjado vivo, llevando el calor a cada rincón. Can y Jenna lo observan juntos sentados en el techo de una de las camionetas de transporte del hotel mientras comparten una taza de té. Jenna fuma un cigarrillo con gran tranquilidad.

—¿Crees que te aburrirías de tener esta vista todos los días? —pregunta ella tras exhalar el humo que acumulaba en sus pulmones.

—No me aburriría nunca, pero siempre tengo la necesidad de estar en movimiento sin importar lo cómodo que resulte el lugar. Mi padre dice que soy como un ave que no puede estar enjaulada, debo volar, si no mi espíritu moriría.

—¿Entonces no piensas casarte nunca? Formar una familia…

—Últimamente lo he pensado, antes ni siquiera era algo con algún sentido para mí.

—¿Por qué ahora sí? —pregunta mordiéndose los labios.

Él sonríe, pero sus amigos que llegan de improviso no le dejan responder. Bernard se monta y se sienta en el medio de ellos, Alessandro al lado de Can.

—¿Interrumpimos, hijo de Aziz? —cuestiona Bernard en tono de broma.

—Claro que no, tonto. Llegas en el mejor momento — asegura Alessandro al quitarle la taza de té a Can y beber de ella.

—¿Ya… vamos a salir? ¿Hijo de Aziz? ¿Qué me estoy perdiendo? —pregunta Jenna intrigada, riéndose de las actitudes y ocurrencias de estos.

—No, solo quisimos acompañarlos a ver el amanecer. Se os veía muy solos. Can es hijo de un magnate de la publicidad en Turquía. Del gran señor Aziz, ¿no lo sabías? — dice Bernard frotándose los dedos.

Jenna entre risas admite que sabe algo al respecto, aunque Can no le ha comentado demasiado. Le comparte su té a Bernard y los cuatro se quedan mirando el amanecer hasta que Sharik y sus hombres los llaman para dar inicio al primer recorrido en las reservas del parque e intentar encontrar a la manada de leones de Iky.

Salen en cuatro vehículos. Muchos guardaparques armados van con ellos para hacer las rondas matutinas en algunos de los sectores donde fueron vistos por última vez varios de los grupos animales con mayor riesgo de ser atacados por los cazadores, rinocerontes y elefantes.

Después de conducir un par de horas hacen el primer avistamiento de uno de los más escurridizos animales más grandes de África, el leopardo. Este descansa bajo la sombra de un árbol y a su lado yace el cuerpo sin vida de un pequeño antílope del que se habría alimentado hace poco. Desde los jeeps lo graban y fotografían con entusiasmo.

Lo siguiente es una gran manada de búfalos que pasta cerca de una laguna. Jenna y Ben se bajan de los vehículos para hacer mejores tomas para el documental. Alessandro hace lo suyo junto a sus amigos, quienes también aprovechan para capturar magníficas imágenes.

—Si esperamos un rato más seguro llegarán otras grandes especies. Este es el único lago en kilómetros, es muy concurrido —comenta Mumba y Sharik asiente.

Y con lo dicho, Jirafas, rinocerontes y elefantes se acercan con el pasar de las horas. A Can le parece asombroso ver a tan imponentes animales caminando libremente cerca de él; la majestuosidad con la que se mueven, los fuertes sonidos que hacen para interactuar, como imponen su dominio, lo inmensos que son.

Jenna quiere acercase a un elefante que la mira con simpatía. Se aproxima maravillada, aunque dudosa por el tamaño de la criatura.

—¡Acércatele, Jenna! Quiere jugar. Mientras tenga las orejas hacia atrás no hay problema —asegura Johari.

—¡Pero si ves que las empieza a agitar, corre! —suelta Mumba en tono de broma.

Can se sienta al lado de Bernard bajo un árbol. Ambos observan con curiosidad la escena, Can un poco nervioso.

Jenna estira la mano cuando nota que el elefante hace lo mismo con su trompa. En cuanto hacen contacto el elefante se vuelve algo agitado y toma agua de la laguna y empieza a echarla hacia los aires, mojándola a ella, quien luce cada vez más emocionada y maravillada.

—¡Lanza más, vamos! —grita Jenna.

Todos observan y se ríen ante la irregular escena. Alessandro lo graba para su canal, sabe que será una de las mejores partes de sus videos. Can la mira completamente absorto, sus labios se curvan formando la sonrisa más grande que se le haya dibujado en mucho tiempo. Aquella hermosa y misteriosa mujer que juega con el animal terrestre más grande del mundo le ha robado el corazón. Reacciona al escuchar a Bernard usar su cámara para capturar el momento, también levanta la suya y toma muchas, muchas más fotos de las necesarias. No quiere que nada se pierda.

Cuando Jenna se calma y vuelve hacia donde están las camionetas, Can se acerca con una toalla para ayudarla a secarse. Mientras ella lo hace él se queda contemplándola.

—¿Qué sucede? ¿Por qué me miras así? ¿Tan horrible estoy?

—Todo lo contrario. Estás más hermosa que nunca.

—No tengo maquillaje, estoy sudada, mi pelo está hecho un desastre...

—Estás hermosa —dice colocándole el dedo índice en los labios.

Ella se queda sonriendo y en silencio.

Un rato más tarde todos vuelven a los vehículos y continúan el recorrido.

—Ya solo nos faltan los leones para completar el día —comenta Ben.

—Pronto deberíamos dar con algunos —asegura Sharik.

Se meten por zonas sin caminos para adentrarse en las tierras de leones. Ven cebras, hienas, más búfalos y muchas otras especies. Cerca del final de la tarde divisan a dos leones solitarios que deambulan en busca de alimento, pero no pertenecen a la manada que buscan así que deciden volver otro día, el grupo regresa de vuelta al hotel.

En una de sus conversaciones antes de irse a dormir, Jenna le cuenta a Can porque tiene tantas ganas de reencontrarse con el león Iky. En su última visita al parque, ella presenció cuando el animal fue herido gravemente por un cazador que lo quería como trofeo y no se había percatado de la presencia de los guardaparques. Arrestaron al hombre y gracias a grandes esfuerzos de todos, incluidos los de ella, lograron salvar a Iky manteniéndolo ingresado en un centro especializado y dándole muchos cuidados. Jenna ayudó junto a Mumba y el fallecido Kibo a realizar los cuidados necesarios como alimentarle o cambiarle los vendajes. Haciéndose cercana a él hasta el punto de que este les permitió tocarlo y desde entonces nació un vínculo, de que ocurren pocas veces en la vida.

Can escuchó atento y asombrado, admirándola cada vez más. No tenía dudas de que cada palabra fuera cierta. Primero por la manera en que ella hablaba, la emoción y el sentimiento en sus palabras; y segundo, por lo que vio en la laguna.

***

Los siguientes días recorrieron grandes extensiones en las hermosas reservas naturales, logrando fotografiar y grabar mucha de la diversa fauna y flora de Sudáfrica. Águilas cazando, hienas devorando carroña, elefantes migrando, caimanes esperando pacientemente a sus presas, pesados ñus y búfalos desplazándose, perros salvajes y más leones, pero no de la manada de Iky.

Entre Can, Bernard, Alessandro, Ben, Jenna y los guardaparques se formó una bonita amistad. Se convertían en un grupo grande de amigos. Compartiendo divertidos y gratos momentos, intercambiando culturas y magnificas historias.

Día 8, 10:00

—¡Veo los rastros! ¡Estamos cerca de una manada de leones! ¡Deben ser de la familia de Iky! —advierte el guardaparques Kikey.

Jenna le indica a Ben que encienda la cámara y ambos se ponen de pie en el vehículo. Se coloca unos prismáticos para observar mejor hasta que los ve a casi dos kilómetros de distancia.

Los demás se levantan para enfocar sus cámaras y los conductores inician la cautelosa aproximación.

—¡Paren! —grita Sharik.

Le preguntan el motivo y el experimentado hombre les dice acertadamente que las leonas están a punto de iniciar una cacería. Ben se emociona y consigue el mejor ángulo para grabar la escena que está a punto de darse.

Tres leonas se agazapan entre la dorada vegetación que les brinda un camuflaje casi perfecto, miran fijamente hacia una manada de impalas que pastan nerviosamente al poder percibir el escalofriante olor de sus cazadores. Las leonas avanzan con sincronía, sin prisa y calculando cuánta más distancia necesitan acortar para alcanzar exitosamente a una de las presas.

Hay mucho silencio y una aparente tranquilidad en el lugar, pero los animales lucen tensos al presentir lo que está por ocurrir. De repente, en un segundo, las cosas cambian y se convierte en un caos cuando las felinas inician la mortal persecución. Las aves salen volando de los árboles abruptamente y todas las criaturas terrestres corren a toda velocidad para intentar ponerse a salvo.

Eligen al impala más rezagado, lo acorralan flanqueándolo con increíble coordinación. El pobre animal es más veloz al principio, pero muy pronto al encontrarse cansado es capturado y convertido en el almuerzo de la manada.

Y entonces, Jenna lo divisa en el momento que se levanta para ir a reclamar parte del botín que sus hembras atraparon.

—¡Allí esta! ¡Es él, es Iky! —dice emocionada para la cámara y les recuerda a los televidentes lo ocurrido con el felino cinco años atrás.

Mumba lo certifica al verlo, el animal tiene una cicatriz en un costado por la bala y el corte que tuvieron que hacerle para extraerla. Se ve inmenso, imponente, dominante, saludable, como lo que es, un rey. Los demás miembros de su manada lo ven comer y esperan impacientes. Tres cachorros que no respetan cadenas de mando sacan pequeños pedazos de carne del cuerpo del impala.

Jenna intenta bajarse, pero se lo impiden al no tener todavía el área asegurada y porque hay hienas hambrientas merodeando.

Momentos después las radios de todos los guardaparques comienzan a sonar, están pidiendo ayuda, se escuchan disparos.

Mandan a los cinco turistas al hotel en un solo vehículo conducido por Mumba para ponerlos a salvo y el resto de los hombres van a apoyar a su equipo. Jenna acepta a regañadientes, ya que quería saludar a Iky y más aún, deseaba documentar el enfrentamiento con los cazadores.

Cuando los seis llegan se quedan conversando sobre asunto. Mumba está cabreado porque a él lo mandaron de niñera. Le parece injusto que lo sigan protegiendo como a un niño después de la muerte de Kibo, a quien él quiere vengar.

—¿Crees que los atraparan? —le pregunta Bernard.

—Eso espero —responde de mala manera.

—Malditos cazadores —agrega Alessandro.

Jenna se le sienta cerca e intenta calmarlo. Can pide una botella de Amarula y reparte vasos para calmar los ánimos. Se quedan esperando unas dos horas.

***

5:00 p.m.

En el momento que divisan a los vehículos llegar junto a una patrulla de la policía militar, entienden que algo grande pasó, pero no saben si bueno o malo. Mumba se para ansioso, necesita información. Kirk, el jefe de la policía militar es el primero en pararse y bajarse, sus tres hombres se bajan y un sujeto se queda en la parte trasera.

—¡Jefe Kirk! ¿Los atraparon? —pregunta emocionado Mumba.

El hombre de rasgos duros y de gran tamaño asiente. Sharik y sus guardaparques terminan de bajarse de las camionetas, se reúnen con todos.

—Buenas y malas noticias… —intenta decir Sharik.

—La mala primero —solicita el joven sudafricano, interrumpiéndolo.

—Dos desgraciados lograron huir y mataron a un rinoceronte. —La tristeza y molestia se evidencia rápidamente en todos los presentes—. Pero atrapamos a uno de ellos y el otro falleció al enfrentarse con nosotros.

—El jefe Sharik, no lo falló. Le dio directo al pecho —agrega excitado Kikey.

Pese a la pérdida de una vida humana y un rinoceronte, los guardaparques y los policías militares deciden relajar los ánimos en el bar del pequeño pueblo, los extranjeros son invitados.

Todos acuerdan ir, excepto Bernard y Alessandro, quienes no se sienten muy bien físicamente, la amarula les ha dejado *K.O.*

Cuando llegan a la entrada del pueblo tienen que detenerse porque la carretera está completamente obstaculizada por cientos de ovejas. Una anciana lucha junto a un niño para hacerlas volver al corral, pero sin lograr mucho. Quienes manejan las camionetas pitan sin parar. A Can le da pesar que nadie intente ayudarla.

—No se vayan sin mí —le pide a Mumba.

—¿A dónde vas, Can? —pregunta Jenna.

Can baja del Jeep. Se acerca a la anciana y entre señas trata de explicarle que quiere ayudarla, pero ella no entiende. Prosigue con el niño, trata de quitarle el enorme palo que utiliza para controlar a las ovejas. Este se niega al no entenderle tampoco. Can tiene que darle unos billetes.

Jenna, Mumba, Ben, Sharik y el resto se empiezan a reír cuando lo ven rodeando y correteando detrás de las ovejas. Para sorpresa de todos, Can es bueno haciéndolo y logra encerrarlas. La anciana muy agradecida lo abraza y da muchos besos en la mejilla, no lo quiere soltar.

—Saha —dice y se señala a sí misma.

—Can —replica y la imita.

—¡Pídele el número! —grita Kikey.

Can regresa al vehículo y en menos de cinco minutos llegan al modesto local que funciona como el único bar en el pueblo de Hoedspruit. Los pueblerinos los miran curiosos, por ser muchos y por estar armados. Dejan al prisionero esposado dentro de la patrulla de Kirk y entran a celebrar el logro del día. Unen tres mesas y piden rondas de amarula y cervezas para todos, whisky para el turco.

Capítulo 22

Presente

—¿¡Por qué, por qué!?

Can, desesperado y al borde de la locura, golpea el suelo hasta que casi se rompe la mano. No tiene idea de qué debe hacer, pero sabe que el tiempo está en su contra, debe tomar las decisiones correctas rápidamente o Jenna y Ben morirán. Libera su frustración con un fuerte grito y se pone de pie, aunque las piernas le flaquean.

Escucha sollozos y se da cuenta que hay algunos sobrevivientes, Mumba entre ellos. Va hacia él y presiona en una de sus heridas.

—Vamos, Mumba. Aguanta, la ayuda viene en camino. ¡Por favor, pidan ambulancias!

El sudafricano, difícilmente se mantiene consciente. Dos hombres más continúan con vida y se retuercen de dolor, Can quiere, pero no puede ayudarlos a todos al mismo tiempo y tiene resolver cómo rescatar a Jenna. Afortunadamente los aldeanos salen de sus refugios y ayudan a socorrer a los heridos mientras observan con terror el escenario, la muerte los vuelve a visitar. Algunos se acercan a Can, dicen palabras en su idioma y se alejan.

Una mujer se pone a su lado para asistirlo con Mumba, Can le explica con señales lo que debe hacer y la deja con él.

—Resiste, amigo. Debo ir por Jenna y Ben.

—Tráelos de vuelta —dice tartamudeando por el dolor.

"La base aérea. Los americanos —recuerda mientras se siente contrariado por lo que tiene que hacer, busca en el cuerpo sin vida de Sharik las llaves del coche patrulla—, ellos son mi mejor opción". También encuentra el mechero

219

de Jenna muy cerca y lo guarda con la esperanza de poder devolvérselo.

Se monta, enciende el coche, pero al colocar su mano en la palanca de cambios recuerda que no sabe llegar al lugar. Se baja y corre a buscar al cantinero del bar que sabe hablar algo de inglés. El hombre se niega en un principio por miedo, pero finalmente acepta al ver la cara descompuesta de Can.

De vuelta al vehículo se ponen en marcha. Conduce sin ningún tipo de cuidado, con los nervios al máximo. Le exige el máximo viejo motor. En su cabeza no cabe la idea de perder a Jenna, no puede perderla. En menos de veinte minutos llega a la base.

—Necesita permiso para entrar —advierte un joven soldado sudafricano.

—Me llamo Can Divit, me esperan dentro. ¡Miré rápido! Debe tenerlo anotado.

Cuando el sujeto regresa al interior de la caseta para buscar en un bloc de notas, Can arranca y se lleva por delante la barrera de seguridad.

—¿¡Qué hace!? —pregunta asustado el cantinero.

Nada lo detiene, ni los disparos al aire del militar. A medida que se acercan a los hangares donde todavía sigue el avión americano que los llevó a Sudáfrica, una fila de soldados se forma y lo apuntan desde las afueras de la estructura. Le gritan nerviosos que no continúe avanzando, pero él no para, no puede porque no tiene más opciones para intentar recuperar a Jenna. Se agacha cuando las balas comienzan a dar contra la patrulla.

—¡Baja la cabeza! —grita a su acompañante.

—¡Maldición, maldición!

Sienten los impactos y ambos ruegan mentalmente que ninguno logre darles.

Finalmente se detienen cuando el motor deja de funcionar y bajan con las manos arriba, suplicando hablar con los estadounidenses. Los tiran al suelo bruscamente, los esposan llevan al interior de la base. Les quitan todo lo que llevan encima y los sientan sobre unas cajas. Un soldado con distinción en su pechera, mayor de cabello blanco y de rasgos americanos se para ante ellos.

—¡Yo te recuerdo, viniste con nosotros! ¿¡Por qué todo este alboroto!? —pregunta el comandante estadounidense, Williams Hook.

—Yo no tengo nada que ver. ¡Por favor déjenme ir! —suplica el cantinero.

—¡Secuestraron a los reporteros de NatGeo Jenna Miller y Ben Smith, están pidiendo cinco millones de dólares o los van a asesinar! ¡Mataron a casi todos los guardaparques y al jefe de la policía militar del pueblo! ¡Estos malnacidos no se andan con tonterías!

El comandante se queda pensativo por un momento, se acerca a uno de sus hombres, le dice algo al oído y se sienta al frente de Can.

—¿Hace cuánto pasó? ¿Quiénes fueron? ¿Cómo se comunicarán contigo?

—Media hora. Me dieron un teléfono al que me llamarán. Un tal Dinka, según…

—Es el mercenario más activo del continente, tiene contactos y negocios por todo África. Los Estados Unidos están al tanto de sus actividades. —Se levanta y llama a otro de sus hombres—. Cabo, quíteles las esposas y dejen ir a ese hombre.

El cantinero se marcha apurado mientras que el comandante camina tranquilamente hacia una oficina, Can lo sigue de cerca.

—¿Qué haremos?

—Los Estados Unidos no negocia con terroristas, eso debe saberlo al menos por las películas.

—¿¡No harán nada!?

—No fue lo que dije. Debo ponerme en contacto con mis superiores, con los familiares de las víctimas y usted no se puede separar del teléfono. Después de que llamen los secuestradores y yo reciba instrucciones, volveremos a hablar. Mientras puede sentarse y esperar en cualquier lugar en el que no estorbe.

Williams, como buen militar de la vieja escuela, se marcha a una oficina sin demostrar algo de empatía por la preocupación o desesperación del hombre que tenía al frente, simplemente lo deja solo. Sin prestarle más atención y dejando pasar por alto los gritos de furia que van acompañados de insultos. Can se siente impotente y molesto por ese plan tan ambiguo del que dependen dos vidas, entre ellas la de la mujer que ama. Sin embargo, no le queda más opción que aguardar en silencio y comportarse para evitar que lo expulsen de la base aérea.

Cuando el desespero y su angustia aumentan demasiado, sin saber qué más hacer, con el teléfono de Dinka llama a Alessandro y le informa brevemente lo sucedido para que se dirija con Bernard hacia allí. Son los únicos amigos con los que puede contar en ese momento.

***

3:00 a.m.

Apenas llegan del hotel del parque Kruger en donde descansaban, sus amigos lo consuelan mientras escuchan atentamente y con asombro los hechos ocurridos. Les cuesta creer que aquellos hombres con los que hacía unas horas habían compartido el día, estuvieran muertos y que Jenna y Ben ahora sean rehenes.

—Can, puedo conseguir los cinco millones, pero necesito mínimo veinticuatro horas para que traigan el efectivo desde

Italia —dice Alessandro desinteresadamente y colocándole la mano en el hombro.

—No aguanto esta incertidumbre, ¿¡Cuando llamaran!?

—Lo sé, lo importante ahora es que mantengas la calma. Haré unas llamadas e intentare agilizar el efectivo.

—Yo puedo colaborar con dos millones de mis fondos de ahorro. Buscaré alguna manera de hacerlos traer, Can. Todo saldrá bien —dice Bernard y también empieza a marcar con su móvil.

El comandante Williams sale de la oficina y se dirige a ellos con una mirada seria que no pronostica una buena noticia. Los tres paran lo que hacen y se reúnen con él.

—Ya informamos a los familiares. Mi gobierno está al tanto y comienzan a organizarse para aplicar una operación de rescate. Tienen que entender que esto lleva su tiempo...

—¡No tenemos el dinero y deben estar a punto de llamar! ¿¡Qué les diré!? Mis amigos y yo estamos intentando juntarlo para mañana.

Bernard le pide que se calme al ver la mirada del militar.

—Dirá la verdad, que necesita mínimo dos días para reunir el efectivo. Ellos no son estúpidos y saben que no hay otra manera.

—¡Ella no puede quedarse dos días con esos desgraciados! ¿¡Entiende todas las cosas que podrían hacerle!? —vocifera y se levanta.

De una caja que funciona como mesa, tira un montón de tazas de té con la mano y la patea por la rabia. Dos soldados que acompañan al comandante se aproximan a Can para reducirlo, pero el jefe les hace seña para que lo dejen desatar su ira.

—¿Ha terminado? —Mira fríamente a Can—. Inteligencia me informó que el hijo de Dinka N'Zondi fue asesinado por los guardaparques. Ese lunático debe estar más cabreado que nunca, si consiguen el dinero pueden intentar hacer el intercambio mañana, pero les garantizo que os matarán a todos y se quedará con el dinero. No tenemos suficientes recursos, contamos con dos helicópteros Apache y vehículos para el transporte; nos faltan soldados y armas tácticas en estos momentos. Mi unidad está formada para el apoyo de entrega de ayuda humanitaria en zonas desprotegidas, no para el combate.

—¿Cuándo llegarán los soldados? —pregunta Alessandro.

—Mínimo, una semana.

Can suelta un par de groserías mientras imagina la desesperación y el miedo que debe tener Jenna. Quiere ir por ella y lo haría él solo si supiera en dónde buscarla. Bernard que estaba callado, se levanta de golpe al tener una de sus más brillantes ideas.

—¡Stevens!

Todos se giran. El italiano es el primero en captar a dónde quiere llegar el británico.

—¡Stevens, es un ex marine estadounidense que tiene su propio ejército en el Congo!

—Él puede ayudarnos —dice Can al ver un rayo de esperanza.

—¿Stevens Jones? —pregunta Williams.

—¡Sí! Él mismo.

El comandante no estaba muy convencido de que Stevens participara porque tenía información de sus actividades de transporte en las que a veces viajaban grandes cantidades de drogas que eran distribuidas por todo el continente africano, pero al no tener más opciones que puedan cumplir la urgencia, acepta que Alessandro negocié con el hombre y su grupo de soldados para que sean parte del operativo.

Después de varios minutos el italiano vuelve con buenas noticias, por una alta suma de dinero Stevens hará el trabajo junto a diez de sus hombres. Williams inicia los preparativos para mandar el avión que los traerá de la República

Democrática del Congo. Can respira un poco más aliviado, la situación parecer mejorar.

Nadie puede dormir y pasan el resto de la madrugada conversando e ingiriendo grandes dosis de cafeína. Jenna no sale de la cabeza de Can en ningún momento, los segundos le parecen minutos y la ansiedad por instantes lo hace perder la poca calma que le queda.

***

7:00 a.m.

El teléfono que los mercenarios le entregaron a Can suena y vibra en el hangar, espabilando a todos, quienes intercambian miradas nerviosas. Williams se acerca velozmente a Can para instruirlo brevemente.

—Tienes que pedir dos días, mínimo. Escoge el pueblo para hacer el intercambio, son más que nosotros y necesitamos ventaja de campo. Te dirán que no, pero serás inflexible. Te dirán que los van a matar si no vas a donde te ordenan, pero actuarás como si no te importara porque si aceptas el lugar que impongan ellos, nosotros no podremos ayudarte y será el fin. ¿Preparado?

Can asiente seguro y contesta la llamada.

—¿Tienes el dinero? —preguntan.

—Necesito dos días para conseguirlo todo.

—Tienes un día más. Si no, pueden olvidarse de esa hermosa mujer y su compañero. Aunque primero disfrutaremos un rato con ella, tú ya me entiendes —finaliza y cuelga.

Can pierde el control casi arroja el teléfono contra el suelo. Hace un gran esfuerzo por mantenerse calmado.

Sus amigos y los militares retoman sus tareas para lograr que todo esté listo para el día siguiente. Alessandro y Bernard le confirman que tendrán el dinero

***

Siguiente día
7:05 a.m.

Antes de que iniciara el día todo estaba listo para el operativo. Stevens y sus hombres ocupaban puntos estratégicos dentro del pueblo y en sus alrededores tenían francotiradores que monitoreaban la zona. El dinero ya estaba listo en un par de maletas, solo faltaba la llamada que definiría el lugar y la hora.

Esperan en silencio dentro el hangar. Los más angustiados caminan en círculos o se mantienen sentados, pero dejando notar sus ansiedades por la inquietud en sus manos y pies, Can enciende y apaga el mechero de Jenna una y otra vez; los soldados, acostumbrados a ese tipo de situaciones y siendo ajenos a las víctimas, conversaban asuntos cotidianos e incluso, con buen humor.

—¿¡Por qué no llaman!? ¡Ya pasó la hora! —exclama preocupado, cansado y molesto, Can.

Mira el teléfono con ganas de llamarlos el mismo.

—Solo han pasado unos minutos, Can. Van a llamar, son cinco millones de dólares. No los van a dejar pasar, confía en mí —dice el italiano

El comandante se acerca, también está agotado y de peor humor que el día anterior.

—Si quieres llámalos, demostrarás desesperación y entonces, no habrá que negociar nada. Solo obedecerás órdenes que te condenarán a muerte junto a quienes quieres rescatar. Así todo esto termina y puedo irme a descansar…

El aparato suena. Can traga saliva, entiende que tiene una sola oportunidad y no puede fallar. Mira a sus amigos, quienes asienten apoyándolo.

—Tú puedes. Lo haremos contigo y llegaremos juntos hasta el final —dice Alessandro.

—Hasta el final —repite Bernard.

—No demuestres desesperación —dice Williams.

Can respira y atiende.

—¿Tienes el dinero?

—Cinco millones de dólares.

—En el puente de la carretera Klaserie, en una hora. No tardes o ya sabes lo que pasará.

—No iré allí —dice intentando no demostrar nervios en su voz.

—¿¡Qué coño has dicho!? —pregunta con enojo.

—Haremos el intercambio en el pueblo en una hora. O no iré…

—Escúchala —dice mientras escuchan los gritos de Jenna—: ¡Can, Can!

Se quita el teléfono de la oreja, no puede escucharlo más. Alessandro trata de animarlo. Can respira rápidamente para poder recuperar el aliento y responder.

—¿Ahora sí irás al puente? —pregunta de manera burlona mientras se ríe.

—En el pueblo en una hora o no tendrán el dinero.

—Los vamos a…

Can cuelga la llamada y tiene que tomar asiento porque los nervios lo están desequilibrando. Alessandro y Bernard se miran entre sí con cierto temor de que las cosas resulten fatales.

—Los maté, los maté, los maté. ¿Qué hice? ¿¡Qué demonios hice!? —grita con todas sus fuerzas.

—Hizo lo correcto. Llamarán enseguida, créame. A esos degenerados lo único que les importa es el dinero. Aceptarán e irán confiados a una trampa mortal—asegura Williams muy tranquilo.

—¿Y si resultan asesinados en el intercambio? —pregunta Bernard.

—Es una posibilidad. Entiendan que en estas situaciones no hay nada seguro. Nosotros solo lo hacemos lo mejor que podemos con lo poco que tenemos. Lo demás depende de Dios y el azar.

Después de diez eternos minutos para Can, el teléfono vuelve a sonar. Casi se le cae de las manos. Toma mucho aire antes de atender.

—Estaremos en el pueblo dentro de media hora. No intentes nada estúpido o todos morirán.

—Estaré en medio de la calle donde empezó todo en veinte minutos.

Termina la llamada. Alessandro lo felicita y Bernard le da un par de palmadas.

El comandante inicia la operación de manera formal. Les pide a sus hombres que informen de inmediato a Stevens, y también a los pilotos de los helicópteros Apache que esperan para aparecer en escena con la intención de demostrar superioridad cuando comiencen los disparos y lograr una rendición que evite una masacre.

A Can le ponen un pequeño pinganillo dentro de la oreja para que escuche las órdenes de Stevens y un chaleco antibalas. Saben que fue militar y le entregan una pistola que esconde dentro de su bota. Bernard y Alessandro no insisten cuando les dicen que no irán, esperarán junto al comandante.

Can salió solo hacia el pueblo, su corazón late fuerte, aunque su cuerpo está débil por las largas horas que lleva sin descansar. Tiene muchos temores por lo que están a punto de realizar. Se lamenta no haberse tomado un tiempo para avisar a su padre de la situación en la que se encuentra. Si algo no sale bien...

Al llegar al pueblo estaciona el coche en el lugar que indicó. Baja un bidón de gasolina y el dinero para el intercambio. Baña con combustible los bolsos que contienen los cinco millones.

Algunas personas se lo quedan mirando, reconociéndolo y extrañándose aún más por sus raras actitudes que no les dan buena espina. Can los mira y entiende que los vuelve a colocar en una posición de peligro, pero no puede hacer nada para evitarlo.

—Can, mueve la cabeza si me escuchas —pide Stevens por radio y Can lo hace—. Te tenemos a la vista. No nos busques con la mirada, puede que no seamos los únicos observándote, cualquiera puede trabajar para Dinka N'Zondi. Escoge una posición céntrica en la calle para poder cubrirte.

Se para en medio de la calle y se queda inmóvil esperando.

—Can, están llegando. Los verás en treinta segundos. Respira profundo. Estamos contigo, todo terminará pronto. Yo invitaré a las cervezas —dice Stevens tratando de calmarlo, entiende muy bien la situación extrema por la que pasa.

Capítulo 23

"Por favor, Dios. Solo te pido que no permitas que nada malo le pase. Cuídala", ruega Can mientras ve como se acercan más de ocho camionetas repletas de hombres armados hasta los dientes.

"—Que los pilotos de los Apaches estén preparados. Son demasiados—"escucha Can por el receptor de audio. Traga saliva.

Nada mas se detienen los vehículos, bajan casi todos, excepto Ben y Jenna, quienes no se ven al igual que Dinka. Los ocupantes de las armas largas en las partes traseras de las furgonetas se mantienen alertas en sus puestos. Un sujeto encapuchado y vestido de militar que parece ser el encargado, se acerca a Can. Quien enciende el mechero de Jenna y lo suspende sobre los bolsos empapados de gasolina

"—Avisen cuando tengan confirmación visual de los objetivos ", dice Stevens por la radio.

—¿¡Dónde están!? —grita Can.

—¿Ahí está el dinero?

—Está mojado con gasolina. Libéralos de inmediato o verás como arden cinco millones de dólares —advierte.

El sujeto se ríe y hace señas para que los dejen bajar de las camionetas. Cuando Can la ve, su corazón late desbocado, quiere salir corriendo a por ella.

—¡Can! —grita Jenna mientras intenta soltarse, pero no se lo permiten amenazándola con un arma en la cabeza

"—Estén preparados, primero los de las armas pesadas y el que está al frente de Can. Yo me encargo de ir con Lucas por los rehenes", dice Stevens por la radio.

El encapuchado aprovecha la distracción de Can con Jenna para abalanzarse encima de él y alejar el mechero del dinero.

"—Ahora", ordena Stevens.

Suenan los disparos sincronizados y caen los primeros cinco e inicia el caos. Can se cubre con el cuerpo de quien forcejeaba con él. El marine y su compañero salen del interior de una casa, por detrás del mercenario que tenía a los rehenes. Lo reducen mientras el combate continúa y gana intensidad. Dos marines más cubren la retirada de los rehenes desde diferentes lados de la calle.

Can se arrastra desesperadamente por la tierra para poder divisar a Jenna entre el polvo, cuando la ve a salvo junto a Stevens, debe preocuparse por salir del medio del fuego cruzado. Se levanta corriendo y se lanza hacia el interior de una de las casas por el hueco de una ventana.

"—Reduzcan al que va detrás de Can", ordena Stevens.

Can saca su arma, se tiende en el suelo boca arriba y se prepara. La puerta de la vivienda se abre de una patada. Can lo espera, sudando, nervioso. Pero escucha otro disparo y un peso caer en la tierra, afuera.

"—Todos reducidos, cancelen los helicópteros", dice uno de los marines.

Sale corriendo de la casa, buscándola. Ella también logra soltarse de las manos de Stevens y va por él.

—¡Can!

La coge con sus brazos, la rodea con fuerza.

—No puedo creer que estés bien —dice acelerado, con el corazón en la boca—. Pensé que te iba a per...

Jenna lo besa mientras llora. Le sujeta el rostro con fuerza. Rogando que no sea un sueño y que todo haya terminado realmente.

—¡Viniste por mí, viniste por mí¡—Dice entre lágrimas.

Lo abraza con todas sus fuerzas y se aferra a él como si pudiera perderlo si no lo hace. Jenna no creía que existieran personas que pudieran arriesgar sus propias vidas por amor,

Can le demostró que iría por ella hasta al mismo infierno para rescatarla.

—Te dije que no me volvería a alejar de ti.

—No me volveré a separar de ti, nunca más, Can Divit.

Ben los observa desde lejos, feliz porque están vivos y porque su colega ha encontrado a alguien digno de su amor. A quien él también le debe su vida.

***

Aunque era lo que deseaban intensamente y por lo que le pedían a Dios, Bernard y Alessandro casi no lo pueden creer cuando ven a los tres llegando, caminando por sus propios medios. Están agotados, pero ilesos físicamente. Corren a recibirlos con abrazos y algunos ojos húmedos. La felicidad es absoluta y los motivos para celebrar infinitos.

Can les entrega el dinero a sus amigos y les agradece a ambos con el alma por toda su disposición y ayuda, sabe que sin ellos no lo hubiera logrado. Fueron un apoyo incondicional que no tiene precio.

El comandante los felicita a todos por una exitosa y limpia misión e inclusive le ofrece a Stevens mantener contacto para cualquier trabajo que requiera profesionales con precisión y nervios de acero.

Jenna aprovecha para preguntar si hubo supervivientes. Williams le informa que solo dos guardaparques lo lograron, uno de ellos Mumba. Ella y Can se alegran de que al menos uno de sus amigos sobreviviera.

Después de finalizar las conversaciones y ponerse de acuerdo para salir de forma segura de Sudáfrica, todos salen hacia al hotel.

—Vaya día, ¿no? —le dice Stevens a Can.

—¿Todavía siguen en pie esas cervezas? —pregunta mientras abraza a Jenna, no la suelta ni un segundo, a ella le encanta esa sensación de protección, de amor.

—Me quedaré esta noche en el hotel con mis muchachos, hoy han realizado un gran trabajo. Así que mañana tendremos tiempo para esas cervezas.

—Yo también quiero, pero como unas cien para olvidarme de todo y luego dormir con mi mujer abrazados una semana sin salir de la cama—piensa Ben en voz alta.

Lo que produce mucha gracia y burlas.

—Alessandro está soltero, puede dormir de cucharita contigo —dice Bernard explotando en carcajadas junto a los demás.

Cuando llegan al hotel se van directamente al bar, excepto cuatro de los hombres de Stevens que se quedan cuidando el perímetro. Alessandro se para en la barra.

—Quiero agradecerles a todos los presentes por estar aquí, por haber ayudado a mis amigos. Quienes están vivos, sanos y salvos. Por lo que esta noche yo pago todo lo que consuman, pidan lo que quieran. Hoy celebraremos a lo grande.

Bebieron y se emborracharon casi todos. Can y Jenna cogieron una botella de champán y salieron a un lugar más tranquilo.

Se acostaron acurrucados en una silla expandible al lado de la piscina.

—¿Estas bien? ¿Quieres hablar de lo que ocurrió estos días?

Jenna le quita la botella y se manda un buen sorbo antes de responder.

—No quiero hablar del pasado o sobre planes de futuro. Esta noche solo quiero vivir el presente. Celebrar que estoy viva y que tengo al hombre más espectacular del mundo.

—¡Qué afortunada eres! —dice de manera burlona.

—Lo soy, Can Divit — y lo besa mordiéndole los labios delicadamente—. No quiero volver a separarme de ti.

—Menos mal, porque eso ya no es una opción para ti, Jenna Miller. Eres mía y no hay marcha atrás.

—Todavía no lo soy, pero quizás tengas suerte esta noche —dice de manera seductora.

Can sonríe y recupera la botella para darse un trago que lo ayude a pasar los nervios. Jenna coloca su cabeza sobre el pecho de él y lo abraza.

Se quedan en esa posición un rato, en un silencio llenos de paz y tranquilidad. No hay presiones, prisas o problemas.

—¿Quieres dormir conmigo? —pregunta Jenna sin levantar su cabeza.

—¿Dormir contigo? No, ¡qué tortura! Seguro que roncas mucho.

—Imbécil —dice sonriendo, poniéndose de pie—. Vamos, te necesito.

Lo mira con esos enormes ojos que lo enloquecen y a los que le resulta imposible negarse.

—Pero si me prometes que te comportarás y no abusarás de mí.

—No puedo prometértelo, pero haré mi mejor esfuerzo. ¿Te arriesgas? —pregunta mordiéndose los labios.

—¿Tengo opción?

—No —responde.

Y lo empuja para hacerlo caer a la piscina, él por reflejo la sujeta de la mano y ambos caen al agua. Se quitan el agua de la cara entre risas y se acercan para besarse. Lo hacen apasionadamente, con la luna y estrellas como testigos de un amor que se fundía en tierra africana.

Salen de la piscina y Can carga con Jenna hacia la habitación. Beben de la botella, hablan y bromean sin parar. Están locos de amor en un lugar paradisíaco, con champán y muchas ganas de vivir el presente.

Can coloca una toalla y la acuesta en la cama con delicadeza, mirándola fijamente, deseándola con intensidad; ella quiere que ese hombre la haga sentir suya, viva y amada.

—Quítate la camisa, está mojada —pide Jenna mientras también lo hace—. No olvides el pantalón, para no empapar la cama, no pienses mal.

Obedece y se queda solo con la ropa interior, con su fornido cuerpo al descubierto. Respira profundo al ver como ella se desnuda y deja al descubierto su cuerpo. Can no quiere tener sexo, quiere hacerle el amor a esa mujer y besar cada poro de su piel hasta quedar rendido del cansancio.

—¿Estás segura? Podemos simplemente dormir juntos y sería suficiente para mí.

—Ven a mí, Can Divit.

Can se desliza lentamente sobre Jenna. Con sutileza comienza a besarla desde los pies. Sube poco a poco, delicadamente hasta llegar a sus muslos, los cuales aprieta y muerde suavemente. A Jenna se le acelera el corazón cuando él se acerca a su cintura. Pero salta a su ombligo y continúa hacia boca, donde se toma su tiempo. Ella aprieta las sábanas y libera gemidos de placer.

—¡Can! —exclama mientras lo sujeta fuerte por la cabeza.

Solo les queda una cosa por hacer y toda una noche para ello.

***

Último día

El corazón de Can libera un pálpito cuando abre los ojos y no la encuentra en la cama. Se levanta acelerado, se coloca la ropa interior y corre al baño. Al tampoco verla allí se preocupa momentáneamente hasta que la ve en la terraza de la *suite*. Lleva puesta una sábana que la cubre casi por completo, sostiene un cigarrillo en una mano y una taza en la otra.

Se coloca el pantalón y sale junto a ella.

—Buenos días, amor —saluda Can.

Jenna aspira profundo y suelta el humo lentamente para luego responder.

—Can, tenemos que hablar. Hay algo que necesito contarte.

—¿Es de vida o muerte?

—No, pero creo que es necesario y no puedo seguir guardándomelo.

—¿Qué te parece si me lo cuentas más tarde? Comencemos este maravilloso día con un buen desayuno juntos ¿Qué me dices?

Bebe un sorbo de café mientras lo medita. Can nota preocupación en su mirada y entiende que quizás ella necesite hablarlo. Se acerca y la rodea con los brazos. Jenna cierra los ojos y libera sus manos para poder abrazarlo.

—Quiero amanecer contigo todos los días, quiero me abraces cada noche de mi vida —dice Jenna.

—Así va a ser, amor.

Jenna toma aire y valor.

—Yo…

En ese instante comienzan a golpear la puerta.

—No le prestes atención. Fuera de esta habitación nada importa. — Ella lo mira con ojos confundidos y algo tristes.

—Yo…

—¡Can! —grita Bernard dándole golpes a la puerta.

—¡Levántate, amigo! —pide Alessandro.

—Ve. Podemos hablarlo más tarde. Me ducharé y cambiaré de ropa—dice Jenna.

Can lo medita, pero continúan tocando, pierde la paciencia y camina hacia la entrada; Jenna va a la ducha.

—¿¡Muchachos, ¡¡¿qué pasa!? —pregunta al abrir.

—Llegaron los familiares de Ben y Jenna. Como entenderás andan preguntando desesperadamente por ella —dice Alessandro.

—De acuerdo, ya salgo a recibirlos y explicarles que se está dando una ducha. Le avisaré para que se dé prisa —dice y da media vuelta para terminar de vestirse.

Bernard lo sostiene por el brazo y lo mira serio mientras mueve la cabeza hacia los lados.

—No le digas nada a Jenna. Debes ir tú primero. Hay algo que debes saber…

Alessandro lo detiene para que no siga hablando. Can comprende que algo no está bien, quiere preguntarle, pero prefiere averiguarlo por sí mismo. Se viste rápidamente y sale junto a ellos sin decirla nada a Jenna.

Camina con los nervios de quien sabe que está a punto de descubrir algo que cambiará su vida. "¿Qué significa esto?", se pregunta con temor. Sus amigos lo escoltan en silencio hasta el *lobby* del hotel.

Ben llora de alegría. Emocionado, abraza a su esposa y a sus familiares. Carga en brazos a su pequeño hijo, ilusionado y lleno de amor. Can piensa en ir a saludarlo y felicitarlo por su hermosa familia, pero Alessandro le señala a una mujer mayor que discute enérgicamente y en voz alta junto a una pareja de jóvenes. La señora los ve, calla a sus acompañantes con un gesto y se dirige inmediatamente donde están ellos.

Can recuerda la historia que Jenna le contó en la jungla del parque Virunga. La hermana le había robado el prometido y luego se casaron. "Esa debe ser la hermana y el ex prometido. ¿Cómo se atreven a venir juntos? —se pregunta con cierta molestia y al mismo tiempo se relaja—. Este era el misterio de Bernard y Alessandro".

—¿Es usted quién nos dirá dónde podemos verla? —pregunta la señora con angustia—. Perdóneme la mala educación. Soy Janet Miller, la madre de Jenna.

—Can Divit —dice y también le da la mano a la joven.

—Margaret Miller —saluda de mala gana. Luce irritada por estar allí.

El hombre bien vestido se pone en el medio para presentarse y solicitar información.

—Nelson Brown. Soy el…

—Y lo va a decir orgulloso —interrumpe Margaret con cierta ironía.

Can arruga la frente al no entender nada y decide ser directo para ahorrarle una molestia a su amada.

—Jenna me contó todo. ¿No creen que venir juntos es demasiado? —dice.

Los tres allegados de la reportera se miran entre sí, algo escépticos y confundidos. Margaret termina de explotar su mal humor.

—¡Tampoco quería venir! ¿Ves, mamá? Ahora resulta que yo tengo la culpa de algo.

—¡Ya está bien, Margaret! ¡No volvamos con lo mismo! ¡Fue hace mucho, debes de superarlo! ¡Dijimos que intentaríamos llevar la fiesta en paz por Jenna, dijiste que si se salvaba la perdonarías!

Can ahora es el confundió y cada vez comprende menos qué es lo que ocurre o de lo que hablan.

—¿Perdonar a quién? —interrumpe.

Margaret intenta responder, pero su madre la interrumpe.

—Joven, ¿podría llevarme a ver a mi hija? ¡Necesito verla!

—Yo primero, por favor. Soy su esposo y exijo verla.

Can empieza a reír al sentirse más que perdido. Se rasca la cabeza.

—Un momento. ¿Eres el esposo de quién?

—De Jenna Miller.

Siente que el corazón se le comprime, le duele por un segundo. Se queda sin palabras. Tiene que girarse para que no noten su cara de confusión, miedo y dolor. Alessandro y Bernard que están a su lado, comprenden por lo que está pasando y se limitan a mantenerse cerca, en silencio.

—Cretino —le suelta Margaret a Nelson.

—¡Ya basta, Margaret! —grita Janet—. Por favor, Can. Lléveme con mi hija.

—La llevaré, solo necesito que me respondan algo. ¿Entonces ustedes dos no están casados? —les pregunta Can, con la esperanza de haber entendido todo mal.

—Así sería, pero mi querida hermana me robó a este imbécil poco antes de casarnos —responde y señala hacia una de las puertas—. Mírenla. Allí está, sana y salva.

Can gira lentamente hasta tenerla en el centro de su campo visual. Jenna está paralizada del miedo, con los ojos explayados, derramando lágrimas que le confirman todo; le mintió descaradamente. Ambos se miran fijamente y mientras Jenna llora con su madre en brazos, a él se le van borrando todos los recuerdos que hasta hace muy poco creaba junto a ella. La ilusión y el amor mueren instantáneamente.

La mirada de Can se vuelve fría y las emociones desaparecen.

—Seguro que te lo puede explicar. Los americanos son más liberales con el matrimonio. Ella te quiere, Can —dice Alessandro.

Can lo mira a él y luego a Bernard, quien no sabe qué decirle. Sale hacia fuera del hotel.

—¡Can! —grita Jenna y va corriendo detrás de él.

Sus familiares la miran con confusión, a ella no le importa.

—¡Quería decírtelo! ¡Te juro que lo iba a hacer! ¡Lo dejé de querer hace mucho! ¡Nunca he sido feliz con él! ¡Por mi error…!

La detiene colocándole el dedo índice en los labios suavemente.

—Solo respóndeme algo. ¿Tú esposo fue el problema familiar por el que no fuiste a Buenos Aires?

Jenna se queda en silencio.

—Se acabo, Jenna. No me vuelvas a buscar jamás. Regresa con tu familia.

Vuelve a entrar antes de que pueda decir algo, no la quiere escuchar ni ver más. Bernard y Alessandro lo siguen. Intentan detenerlo, pero Can no se para hasta llegar a su habitación y comenzar a llenar su maleta.

—¡Can, detente un segundo y habla con nosotros! —pide Alessandro.

Está a punto de explotar, sin embargo, deja de tirar las cosas dentro de maleta y respira profundo antes de responderles porque sabe que ellos no tienen la culpa de nada y lo único que han hecho es darle apoyo.

—Amigos, saben que los quiero con el corazón y que por ustedes haría lo que fuera, pero ahora, en este momento, debo estar solo.

—¿A dónde piensas ir? —pregunta Bernard angustiado.

—Iremos contigo, no te dejaremos solo.

Can le coloca una mano sobre los hombros a cada uno. Los mira con cariño y algo de nostalgia porque sabe que los extrañará.

—Necesito alejarme de todo por un tiempo indefinido. Lamentablemente eso los incluye a ustedes. En unos días la secretaria de mi padre se pondrá en contacto para los asuntos económicos…

—Can, el dinero no importa. Te queremos a ti, amigo —dice Alessandro con tristeza.

—No es el fin, amigos míos. Los buscaré cuanto esté listo. Se los prometo.

Alessandro es el primero en abrazarlo entretanto Bernard busca con apuro algo dentro de sus bolsillos.

—Nunca tuve hermanos, ni he sido muy sociable, por lo que tampoco tenía amigos. Ustedes se han convertido en algo muy importante para mí. Os estoy agradecido por todo —dice con pena y les entrega un amuleto de madera a cada uno—. El pez para Alessandro, sirve para atraer la riqueza, la multiplicación de los alimentos y el progreso, porque mientras más tengas, ayudarás.

El italiano lo recibe y le da un abrazo. Bernard sigue con Can.

—El albatros, porque al igual que tú, es un ave al que le gusta volar y no puede vivir encerrada, pero, sobre todo, porque son muy sabias y equilibradas. Como siempre has demostrado ser.

—Gracias, amigo. Aprecio mucho tu regalo —dice Can con un nudo en la garganta y le da un fuerte abrazo.

Alessandro se les une.

—Nos veremos pronto, hijo de Aziz.

—Así será, hijo del duque de Beaufort.

—Más les vale, par de idiotas.

El regreso

Can se desconectó de todo y de todos, viajó con su barco por los mares, visitando cada nueva isla que encontraba, conociéndolas, fotografiándolas y durmiendo en ellas. Lo hizo hasta perderse y encontrarse nuevamente. Le costó mucho, pero logró dejar el pasado atrás y volvió a comenzar a disfrutar su presente. Su alma alcanzó la paz que le había sido arrebatada.

Seis meses después
Estambul 17:45

Finalmente, se aproxima a la costa después de navegar por más de doce horas. Desde la borda puede ver como el puerto y algunos de los edificios de su ciudad reciben los últimos rayos del sol.

—Qué hermosa es mi ciudad —murmura mientras evoca con nostalgia los recuerdos de su niñez en esos antiguos muelles cuando Emre y él formaban toda la tripulación junto a su padre, el capitán. Eran increíblemente felices.

Cierra los ojos y respira lentamente mientras recibe la fresca brisa en su rostro. Ha sido un largo viaje con muchos altibajos y demasiadas aventuras. Aunque sabe que no será por mucho tiempo, por ahora solo quiere estar en su tierra, compartir con su familia, con sus amigos, con su gente. Necesita recargar baterías y no existe mejor lugar que su casa.

"¿Qué estará haciendo mi viejo padre o el tonto de Emre?", se pregunta ansioso, con una sonrisa en los labios.

—¡Can! —grita un hombre desde un barco que pasa cerca, pero saliendo del puerto—. ¡Hace tiempo que no te veía, muchacho!

—Señor, Altan. ¡Qué gusto volver a verle!

—¿¡Por cuánto tiempo te quedas!?

—¡Aun no lo he decidido!

—¡Convence a tu padre y nos tomamos unos tragos cuando queráis!

Can le promete hacerlo y se despiden. Le agradó ver una cara familiar después de tanto tiempo. Deja su equipaje, solo toma las llaves de la casa que estuvieron guardadas desde hacía mucho. Mientras amarra su barco en el muelle, observa a la gente que pasea tranquilamente y sin apuros. Van solos, en parejas o en grupos. Entonces se fija en lo evidente, siguen los mismos barcos, el mismo vigilante que registra a los visitantes y propietarios, el mismo perro lo acompaña. Todo sigue igual, nada ha cambiado, excepto él; no es el mismo Can Divit que salió de ese puerto y jamás volverá a serlo, porque planea ser mejor.

Conversa un rato con el viejo que resguarda las embarcaciones. Le cuenta muy brevemente algunos detalles sobre los lugares en donde estuvo. Este le hace el favor de pedir un taxi.

Ya de camino en el taxi hacia la casa de su padre, baja los cristales para respirar y escuchar la ciudad, no tenía idea de cuánto la extrañaba. Por la hora hay mucho tráfico. Le pide al chofer que lo deje varias calles antes de su destino, no quiere seguir encerrado. Prefiere y le gusta caminar, lo necesita.

Ver las calles, las aceras con los frondosos castaños y los enormes robles y las mismas casas de siempre, le produce una sensación acogedora. Los olores de la comida lo deleitan, puede percibir el aroma de un delicioso té que se escapa de alguna cocina y como extraña una buena taza.

—Me prepararé una jarra nada mas llegue a casa — susurra.

—¡Can! —gritan con fuerza.

Se gira y ve un hombre que pasea un pequeño perro. Es un viejo y querido amigo de Can.

—¡Metin! Cuanto tiempo.

—Justamente vengo de tu casa. Fui a visitar un momento a Emre y a tu padre y eso fue al mediodía. No me dejaron ir hasta ahora.

—Así son ellos. Cuando comienzan a hablar, no hay quien los pare —afirma con más ganas de ir a encontrarse con ellos.

—Tu padre estaba algo preocupado. Me dijo que hacía meses que no sabía de ti. Menos mal ya estás aquí. ¿Fue un buen viaje?

—Por supuesto que sí. Sígueme en Instagram para que veas parte de los lugares que visité. Te vas a sorprender.

—Seguro, Can. Mañana te llamo para tomarnos un té. Debo irme o mi esposa se preocupará.

Se dan un abrazo y continúan sus caminos.

Abre la puerta de su casa con las llaves y se adentra silenciosamente. Se emociona cuando escucha las risas de su padre y hermano en el jardín de la casa. Camina hacia ellos y llega de sorpresa. Aziz está sentado de espaldas a él, Emre es el primero en verlo. Explaya los ojos, pero Can le hace señas para que disimule y tapa los ojos con las manos a su padre.

—¿¡Qué!? —pregunta, suelta su copa y le toca las manos— Emre, traicionero. ¿Por qué no me avisaste?

—Adivina, padre. No es tan difícil.

Can y Emre se ríen, el primero en silencio mientras resiste el forcejeo de su padre.

—¡Metin, si eres tú, le diré a tu esposa lo de aquella secretaria!

—No, no es él, padre.

—No es tu novia, aunque son bastante suaves las manos —medita mientras intenta toquetear.

Cuando se concentra, siente los antebrazos y el olor de Can. Entonces su corazón se acelera y casi pega un brinco de la silla.

—¡Hijo, hijo!

Can le quita las manos y Aziz lo mira. Sus ojos brillan de alegría, no existía una mejor sorpresa posible.

—Padre…

Lo abraza con el amor de un padre que daría todo por sus hijos. La voz casi se le quiebra.

—Hijo mío. Gracias a Dios —dice y lo toma por el rostro—. Como te hemos extrañado, nos tenías preocupado.

Emre se levanta para unírseles en el abrazo.

—Te dije que estaría bien, padre. Can sabe cuidarse más que nosotros juntos. Te he extrañado, hermanito. Nos hacías una falta tremenda.

—Y ustedes a mí, los quiero.

—Seguro que estás cansado, hijo. Pero siéntate con nosotros un rato y cuéntanos todo.

Si bien Can acepta con gusto, les suplica por una buena taza de té. Ellos dejan la bebida y lo complacen con agrado. Degustan el exquisito té mientras Can les habla sobre sus viajes y aventuras, pero omitiéndoles las partes de peligro o en las que una mujer llamada Jenna Miller tuvo algo que ver. Ellos lo escuchan con total atención, imaginando los paisajes, las personas y los animales.

—¿¡No te bastó con montarte en el lomo de una ballena!? ¿¡Gorilas!? —pregunta Emre asombrado.

—¿A quién se le ocurre acercarse a un gorila de lomo plateado?

—A Can —responde Emre entre risas—. Menos mal ya no existen los dinosaurios, Can les cepillaría los dientes.

—Y se tomaría fotos con ellos —agrega Aziz y ambos revientan en carcajadas.

—Están muy cómicos esta noche, par de traidores —dice entre risas.

Conversaron animadamente hasta que Can se rindió por el cansancio que acumulaba en su cuerpo y se marchó a su cuarto.

Acostado en su cama y esperando el sueño, se queda mirando su cámara. Duda un instante, sin embargo, la coge y vuelve hasta un año atrás. Comienza a ver todas las fotografías; el Everest, Grecia, Malta, España, Portugal, Inglaterra, Islandia, Holanda, Italia, Siria, Argentina, El Congo, Sudáfrica y las numerosas islas que recorrió antes de su regreso. Tardó una hora, pero revivió parte de sus experiencias; sonrió, sintió rabia, sintió tristeza, sintió nostalgia y sintió alivio.

Ya no le pesaba lo vivido y quería ir por más, quedaba mucho mundo esperándolo allí afuera. Solo necesitaba tiempo para continuar volando.

Tocan la puerta suavemente.

—Sigo despierto, papá. Pasa —avisa Can.

Aziz pasa extrañado.

—¿Cómo sabías que era yo?

—Emre hubiera golpeado más fuerte o directamente sin llamar.

—Es cierto —admite sonriendo.

—¿Pasa algo, papá?

—Nada malo. Es solo que desde hace semanas tenía muchas ganas de tomarme unos días libres, olvidarme de la empresa y disfrutar un poco de la vida. Tú sabes…

Can se sienta en la cama.

—Claro que lo entiendo. ¿Por qué no lo has hecho?

—Tú sabes que amo a tu hermano, pero él no es la persona indicada para llevar las riendas de la empresa.

Can entiende hacia dónde va la conversación, no tiene planes de encargarse de la empresa familiar, pero su padre ya no es tan joven y si quiere tomarse unas vacaciones, no puede negarse a ayudarlo.

—Lo haré, papá. Lo que sea para que por fin te tomes ese descanso que tanto te mereces.

Aziz lo abraza fuerte, queriéndolo como siempre, pero más orgulloso del hombre que es su hijo.

***

Can llega muy temprano a la empresa al día siguiente. Apenas entra al edificio es recibido con bombos y platillos por todos los empleados, su padre había avisado a Ceycey y este se encargó de preparar todo.

Lo abrazan, lo felicitan por todas sus aventuras en las que ayudó a promover un cambio o informar de las duras realidades. Aunque a veces llegaban a ser un poco entrometidos, abusaban de la confianza y eran tremendamente cotillas, a Can le agradaba volver a verlos a todos.

Se para en medio de la oficina.

—Hoy saldremos más temprano de la oficina. Una barbacoa los espera a todos en mi casa —avisa.

Todos enloquecen de alegría por unos instantes antes de volver a sus trabajos. Can suspira al entender que tendrá lidiar con esa oficina por un tiempo indeterminado. Acepta una taza de té de Güliz y se sienta en una esquina del lugar para observarlos a todos.

Muy pronto escucha algo que llama su atención.

—¡Nueva, te dije que me trajeras las carpetas amarillas, esas son anaranjadas! —grita Deren.

"¿Nueva? ¿Quién es la nueva?", se pregunta y la respuesta se posa delante de él en forma de una hermosa joven de aspecto inocente que torpemente pierde el equilibrio y deja caer un manojo de carpetas.

FIN

Made in the USA
Coppell, TX
04 February 2021

49644250R10138